Matthias Kastner

Fataler Irrglaube

Bibliografische Information der Deutschen Nationalbibliothek: Die Deutsche Nationalbibliothek verzeichnet diese Publikation in der Deutschen Nationalbibliografie; detaillierte bibliografische Daten sind im Internet über dnb.dnb.de abrufbar.

Herstellung und Verlag: BoD – Books on Demand, Norderstedt

ISBN 978-3-7519-1625-7

Coverdesign: Jennifer Kastner, Grafik & Design,

www.jenniferkastner.de

Für meine Frau Valentina ,

die immer an mich glaubt und maßgeblichen Anteil daran hat, dass sich mit diesem Buch ein Traum für mich erfüllt.

Wer kann erwarten,

die Menschheit werde gute Ratschläge befolgen,

wenn sie nicht einmal Warnungen zur Kenntnis nimmt?

- Jonathan Swift -

>>>

«Wir freuen uns sehr, heute die Wiedereröffnung unserer Bankfiliale mit Ihnen zu feiern und danken für Ihr Verständnis, dass es in der dreiwöchigen Umbauphase zu Einschränkungen unseres Service gekommen ist. Von nun an sind wir hier, in den schönen neuen Räumlichkeiten für Sie da. Ihr Niederlassungsleiter bleibt selbstverständlich auch in Zukunft Herr Martin Langenbrunner, den Sie nun schon seit vielen Jahren als vertrauensvollen Ansprechpartner in allen Angelegenheiten rund um Ihre Finanzen kennen.»

Regionaldirektor Peter Gessler schüttelt im Anschluss an seine kurze Rede noch eifrig ein paar Hände und grinst in die Fotokameras der lokalen Pressevertreter.

Auch der Moosthaler Bürgermeister, Achim Sauer, ist bei der Eröffnungsfeier zugegen. Einer dieser dienstlichen Termine, bei denen man sich sehen lassen muss, um in entspannter und positiver

Atmosphäre ein wenig Smalltalk mit den Bürgern zu betreiben. Schließlich verzeiht es ein solch kleiner Ort nicht, wenn man sich einen Fehltritt leistet. Fast jeder kennt jeden und sei es um ein paar Ecken. Klatsch und Tratsch bahnen sich schnell ihren Weg. An einem Dienstagnachmittag wie diesem gibt es aber kaum Anlass für negatives Gemurmel. Zur Wiedereröffnung der einzigen Bankfiliale im Ort sind zahlreiche Einwohner gekommen, die sich jetzt über besonders günstige Konditionen informieren könnten. Die meisten wollen aber sicher nur ihre Neugierde befriedigen und sich bei Sekt und Schnittchen die neue Filiale ansehen.

Zum Abschluss der Feierlichkeiten herrscht noch werbewirksame Freude als Bürgermeister Sauer einen Scheck für die Jugendarbeit im Ort von Peter Gessler und Martin Langenbrunner entgegen nimmt. Das Foto von der Scheckübergabe wird es zusammen mit ein paar warmen Worten morgen vielleicht sogar in die regionale Presse schaffen, ganz sicher jedoch in die vierteljährlich erscheinende Kundenzeitschrift der Bank. Für Sauer eine gute Gelegenheit in Erinnerung zu bleiben, steht in ein paar Monaten doch die nächste Bürgermeisterwahl vor der Tür.

Insgesamt dauert die ganze Veranstaltung knappe zwei Stunden. In großen Lettern wurde die Feier zur Wiedereröffnung für Dienstag um 14:00 Uhr im Schaufenster beworben. Viele der Einwohner folgten der Einladung, sofern es ihnen möglich war. Um diese Zeit, zumal an einem Werktag, haben die meisten Menschen andere Verpflichtungen denen sie nachgehen müssen. Dementsprechend hoch war der Altersdurchschnitt der Erschienenen. Doch weder dem Bürgermeister, noch den Bankverantwortlichen scheint dieser Umstand viel auszumachen. Die reguläre Schließungszeit um 16:00 Uhr wird auch an diesem Dienstag pünktlich eingehalten.

Zehn Minuten nachdem die Vorhänge zugezogen wurden und sich die Belegschaft selbst zur gelungenen Wiedereröffnung gratuliert hat, sitzen der Bürgermeister und der Regionaldirektor der Bank bereits in ihren Fahrzeugen auf dem Heimweg. Gessler wird sich wohl erst im nächsten Jahr wieder hier blicken lassen. Er steht schließlich noch einem Dutzend anderen Filialen vor und hegt großes Vertrauen in Martin Langenbrunner, der ein ausgesprochen gutes Ansehen unter Kunden und Kollegen genießt. Er ist selbst im Ort aufgewachsen, engagiert sich im Tennisverein und hat sich in all den Jahren zum Aushängeschild für die Bank entwickelt.

Mit einem halb leeren Sektglas in der rechten Hand beobachtet Martin Langenbrunner im Inneren der neuen Räume, wie sich Michelle Bierer nach den zur Dekoration verteilten Luftballons bückt. Michelle hat im vergangenen Jahr ihre Ausbildung zur Bankkauffrau hier abgeschlossen und gehört seither zu den festen Mitarbeitern der Filiale.

Langenbrunner selbst hatte auch hier gelernt. Damals hätte er es sich nicht vorstellen können, einmal in verantwortungsvoller Position so sehr mit dem Geldinstitut verwurzelt zu sein. Nach seiner Ausbildung, welche er in erster Linie seinen Eltern zuliebe absolvierte, wollte er erst mal nur weg. Raus aus dem 1.400-Seelen-Dorf, hinein in die weite Welt. Zunächst zog es ihn nach Berlin, wo er versuchte sich als Schlagzeuger diverser Bands durchs Leben zu schlagen. Wenige Monate später wagte er den Sprung über den großen Teich. In Chicago konnte er seine Sportbegeisterung vollends ausleben und drückte für eine Weile am Community College die Schulbank. Sein Ehrgeiz war geweckt, er erreichte Bestnoten, doch weder sein sportliches noch sein musikalisches Talent reichte aus um eine erfolgversprechende Karriere zu starten. Diese Tatsache, verbunden mit Heimweh, führte dazu, dass Martin Langenbrunner mit 23 Jahren nach Deutschland zurückkehrte. Bereits nach wenigen Semestern verlor er die Lust an seinem Jurastudium und so kam es, dass er an seinen Geburtsort zurückkehrte.

Ein paar Monate später trat er seine Arbeitsstelle bei der Bank an. Noch immer unter der Leitung von Wolfgang Läuter, der ihn damals ausbildete. Es war fast so, als wäre er nie weg gewesen.

«Mensch Martin, das war doch ein gelungener Nachmittag», reißt Erika Nabler ihren Chef aus seinen Gedanken. Nabler ist die stellvertretende Niederlassungsleiterin und seit fünf Jahren hier beschäftigt. Zuvor arbeitete sie bereits in einer anderen Filiale der Bank, ehe sie auf eigenen Wunsch nach Moosthal versetzt wurde, da sie mit ihrem Mann hier in die Nähe gezogen war und einen langen Arbeitsweg umgehen wollte. Für die ihr noch verbleibenden vier Jahre im Arbeitsleben strebt sie keinen Karriereschritt mehr an und überlässt die Filialleitung gerne ihrem Kollegen. Langenbrunner hat diese Position nach der Pensionierung von Wolfgang Läuter vor fast acht

Jahren übernommen und wird diese so schnell wohl nicht mehr abgeben. Dem hochgewachsenen Niederlassungsleiter fällt es nicht schwer Sympathien zu gewinnen. Die grauen Strähnen im tiefbraunen Haar mindern seine Attraktivität keineswegs, zumal es ihm gelingt, seine sportliche Figur zu behalten. Wohl auch ein Verdienst von Ehrgeiz und Disziplin. Den Eigenschaften, die er von seinen Mitarbeiterinnen in der Bank wie auch von sich selbst einfordert. Langenbrunner nimmt seine Rolle als Chef sehr ernst. Er ist am Morgen der Erste in der Filiale und verlässt am Abend als Letzter sein Büro. Er hat an sich selbst den Anspruch, jeden Kunden zu kennen. Auch an diesem Nachmittag hat er sich wieder gekonnt in Szene gesetzt und seinen ganzen Charme spielen lassen. Nahezu jeder, der in Moosthal lebt, hat zumindest ein Konto bei der Bank. Dass dies so bleibt, ist das erklärte Ziel von Martin Langenbrunner.

Nach einer guten Stunde herrscht wieder Ordnung im Inneren der Bank, so dass morgen früh um halb neun die Kunden wieder ein geordnetes Umfeld vorfinden. Der Filialleiter hat den Zeitrahmen der Eröffnungsfeier bewusst knapp gehalten. Auch sein Vorgesetzter Peter Gessler ging eigentlich von einer ganztägigen Feier aus, doch Langenbrunner vertrat bei der Planung die Ansicht, eine zu ausgiebige Feierlichkeit schade der Seriösität eines Geldinstitutes, insbesondere in einem so kleinen Ort wie Moosthal.

Während die beiden Mitarbeiterinnen bereits in ihren Feierabend gestartet sind, sitzt Martin Langenbrunner noch an seinem Schreibtisch. Um kurz vor sechs zieht aber auch er Schal und Mantel an und schließt die Tür hinter sich.

Ein trister Herbsttag wie er im Buche steht empfängt ihn, als er die Straße betritt. Auch wenn die Sonne noch nicht untergegangen ist, ist es schon trüb und dunkel. Vom goldenen Oktober ist an diesem Dienstagabend nichts zu spüren.

Langenbrunner bringt noch zwei Briefe zur Post und nutzt dann die Gelegenheit seine Frau Paula im Blumenladen am Marktplatz abzuholen. Vor zwei Jahren hatte diese die Gelegenheit ergriffen und sich mit ihrem eigenen kleinen Blumenladen einen Traum erfüllt. Als der damalige Besitzer aus gesundheitlichen Gründen einen Nachfolger suchte, sah Paula ihre Chance gekommen. Schon zuvor hatte sie als Angestellte dort gearbeitet und so kommt es, dass der Moosthaler Blumenladen nun schon seit über drei Jahrzehnten am gleichen Ort existiert. Der Laden ist sogar etwas älter als sie selbst. Teile der Einrichtung, wie die mittlerweile altmodisch anmutende, noch mit einer Kurbel ausgestattete Registrierkasse haben bis heute Bestand.

Paula und Martin haben sich damals auf dem Ostermarkt in Moosthal kennengelernt. Sie hatte gerade erst ihre Ausbildung bei der Bürgerinfo beendet und er war kurz zuvor in seinen Heimatort zurückgekehrt, als die beiden sich erstmals begegneten. Schnell wurde aus anfänglichem Smalltalk ein tiefgründiges Gespräch, welches die beiden bei einem gemeinsamen Abendessen beim Italiener und in den Folgewochen bei jeder sich bietenden Gelegenheit fortsetzten. Die junge Frau war schwer angetan von den aufregenden Erzählungen aus der weiten Welt. Paula selbst war in einem Nachbarort von Moosthal aufgewachsen und bis auf die Familienurlaube zum Camping in Südtirol hatte sie noch nichts von der Welt gesehen. Mit Martin war alles so neu, so aufregend. Ganz anders, als ihr bisheriges Leben. Gerne wollte auch sie einmal alles hinter sich lassen. Auf einmal erschien alles so unbedeutend gegenüber dem, was sie haben könnte.

Doch wie so oft im Leben, kam es auch bei den beiden anders.

~

Rap-Man:

Mach dir nix draus, die beruhigen sich bestimmt bald wieder.

Falcon01:

Kenn ich. Meine Alten haben letztens auch voll rum genervt wegen einer blöden Note. Als wäre es ein Weltuntergang.

Biene666:

Voll Panne. Lass dich nicht unterkriegen. Zwei Wochen gehen schnell rum. Aber ich will echt nicht wissen, was die machen wenn du mal ne 5 schreibst.

Lady Lala:

Hey, danke euch allen. Ich bin immer noch voll sauer auf meine Eltern. Zum Glück sind die tagsüber nicht da. Hausarrest heißt ja nicht, dass ich die den ganzen Tag sehen muss.

Mr.Fun:

Haben die nicht letztens erst so rum gestresst?

Lady Lala:

Die meckern andauernd wegen irgendwas. Ich könnte manchmal echt kotzen.

Mr.Fun:

Da bin ich echt froh nicht mehr zur Schule zu müssen und meinen Abschluss schon zu haben.

Lady Lala:

Hast du es gut. Musst bestimmt nicht wegen jeder Kleinigkeit betteln.

Mr.Fun:

Wenn die den ganzen Tag arbeiten merken die doch eh nicht ob du deinen Hausarrest einhältst.

Lady Lala:

In so einem Kaff wie hier schon.

Mr.Fun:

Voll überwacht.

Lady Lala:

Ist echt nicht witzig! Lass uns später weiter chatten.

Lady Lala hat sich von Facecom abgemeldet.

~

«Vielleicht sollten wir ihren Hausarrest doch etwas lockern und sie am Wochenende mit ihren Freundinnen weggehen lassen», meint Paula Langenbrunner als sie sich am Freitagmorgen Joghurt unter ihr Müsli rührt.

«Nein,» entgegnet ihr Mann, der gerade dabei ist, seine Krawatte zu binden, «...wir müssen da konsequent bleiben. Wenn wir sagen vierzehn Tage dann bleibt es bei zwei Wochen und da gehört dieses Wochenende noch dazu. Das kann sie noch zum lernen nutzen. Eine 3- in Mathe. Sie ist gerade mal in der Siebten, wo soll das noch hinführen? Das Mädchen muss lernen, wie wichtig Disziplin im Leben ist», vertritt Martin Langenbrunner seinen Standpunkt.

Larissa schaltet ihren Laptop aus und greift mit einem Lächeln im Gesicht nach ihrer Schultasche. Auch heute früh hat sie noch in ihrer Community gechattet. Letzte Woche hatte sie dort ihren Frust über den Ärger daheim gepostet und viele aufmunternde Nachrichten bekommen. Auf diese Weise findet sie den Hausarrest gar nicht mehr so schlimm. Dort gibt es Leute, die sie verstehen. Leute, denen sie ihr Herz ausschütten kann und die sie ihren Ärger vergessen lassen. Ihr Profilfoto, auf welchem sie mit einer grünen Perücke vor dem

Moosthaler Ortsschild posiert, hat es sogar unter die zehn beliebtesten Fotos der Woche geschafft. Und dann gibt es da noch Tobi. Diesen geheimnisvollen Typen, der jeden Tag schreibt und sich wirklich für sie interessiert. Die meisten Jungs wollen nur mit irgendwas angeben und posten Fotos von Mutproben oder Sporterlebnissen. Tobi ist da anders.

Er hat nur ganz wenige Fotos in seinem Profil, auf den meisten die Kapuze tief ins Gesicht gezogen und, was Larissa am meisten gefällt, er hört einfach zu. Auch eben haben die beiden noch ein paar Nachrichten ausgetauscht und schon jetzt freut sie sich darauf, nach der Schule wieder mit ihm zu chatten.

Larissa streicht sich eine Strähne ihres kastanienbraunen Haares aus dem Gesicht und steigt die Treppen hinunter. Wie jeden Morgen hat ihre Mutter ihr bereits einen Früchtetee und Müsli zubereitet. Als sie sich gerade an den Küchentisch gesetzt hat, verabschieden sich ihre Eltern schon zur Arbeit. Gedankenverloren blickt sie ihnen durchs Fenster hinterher während sie lustlos ihr Frühstück löffelt. Ein paar Minuten später muss auch sie los.

Larissa war nun wirklich nicht das, was man als Wunschkind bezeichnet, sondern viel mehr der unerwartete Nebeneffekt einer emotionalen, intensiven und ausgelassenen Frühlingsnacht vor nun schon vierzehn Jahren. Als Paula davon erfuhr, fiel sie zunächst aus allen Wolken. Zwar war sie mit Martin zusammen und die beiden planten eine gemeinsame Zukunft, doch dachten sie damals noch an die weite Welt und nicht an Windeln wechseln und Familie gründen.

Nach dem ersten Schockmoment nahmen die beiden ihr Schicksal an. Sie waren in der glücklichen Lage, dass sie finanziell nie wirklich vor einer Herausforderung standen und auch ihre Eltern unterstützten sie nach Kräften. Auf diese Weise konnte sich Martin jederzeit voll auf seinen Job in der Bank konzentrieren. Die beiden schafften es, sich mit Disziplin und Fleiß ihre größtmögliche Freiheit zu bewahren. Diese Eigenschaften leben sie ihrer Tochter vor und fordern sie in gleichem Maße auch von ihr.

~

Als der Schulgong endlich ertönt, springt Larissa als eine der ersten auf. Sie war immer gern zur Schule gegangen, hat sich selbst an guten Noten erfreut, welche sie auch regelmäßig erreicht. Doch heute kann sie es kaum erwarten, nach Hause zu kommen. Der letzte Schultag vor den Ferien brachte nichts wichtiges mehr mit sich und mit ihren Gedanken war Larissa häufig woanders.

«Meinst du nicht, dass du morgen mit ins Kino kannst? Deine Mum kann doch mal ein Auge zudrücken. Du hast schließlich im Bio-Test heute eine 2 bekommen, viel mehr können die doch nicht von dir erwarten», wird sie von ihrer Freundin Marie aus ihren Gedanken gerissen.

«Ich frage sie gleich nochmal, aber dieses mal übertreiben es meine Alten echt. Gleich zwei Wochen wegen einer blöden Note, ich ärgere mich mehr über meine Eltern als über die 3», antwortet Larissa.

«Ja, ich weiß. Ich hab deinen Post auf Facecom gesehen», entgegnet Marie mit einem Grinsen.

So gut wie jeder in Moosthal kennt Larissa´s Eltern. Schließlich muss jeder mal zur Bank oder braucht irgendwann einmal Blumen. Aber wohl kaum einer würde auf die Langenbrunners tippen, wenn sie Larissa´s Eintrag über Furie und Frankenstein im sozialen Netzwerk lesen würden.

Wie jeden Nachmittag macht Larissa auf dem Heimweg einen kurzen Zwischenstopp bei ihrer Mutter im Blumenladen. Sie kann gar nicht sagen, wie viel Zeit sie hier schon verbracht hat. Manchmal war sie sogar ganze Tage mit dabei. Schon im Kindergarten konnte sie die allermeisten Blumen beim Namen benennen.   Paula   ist gerade dabei, einen prächtigen Strauß für eine Kundin zu binden, weshalb Larissa im liebevoll dekorierten Verkaufsraum wartet. Langsam aber sicher dominieren auch hier herbstliche Farben. Von Larissa´s Lieblingsblumen, pinken Gerbera, sind keine mehr da.

Als die Kundin den Laden verlassen hat, berichtet Larissa ihrer Mutter kurz vom Schultag und der guten Note in Biologie. Da Paula das alles mit einem freundlichen Lächeln quittiert, will sie nochmal ihre Chance nutzen:
«Marie hat mich vorhin nochmal gefragt, ob ich morgen mit ihr und Christine ins Kino gehe. Darf ich?»

Bei dem Blick, den ihre Tochter ihr dabei zuwirft, bringt Paula es nicht über's Herz, ihr die Bitte direkt auszuschlagen.

«Wir reden beim Abendessen drüber, Krümelchen», versucht sie einer klaren Antwort zu entgehen. Enttäuscht seufzt Larissa kurz auf.

~

Durch das Fenster dringt der Lärm der Straße nach drinnen. Hupen, Kirchenglocken, Stimmengewirr. Der Rauch der Zigarette bahnt sich seinen Weg zum Fenster hinaus.

Im Inneren des Raumes ist es still. Nur das leichte Surren des Computers ist zu hören.

Die Asche fällt herab und landet auf der Kundenzeitschrift der Bank, ehe die Zigarette eilig über den Aschenbecher gehalten wird.

Anschließend ein letzter Zug. Ein letztes Aufleuchten der Zigarettenspitze bevor sie ausgedrückt wird, zwischen einem Dutzend ihresgleichen.

Ein Blick zur Uhr.

Ein Blick auf den Bildschirm.

Der Griff zur Zigarettenschachtel.

~

Die letzten Sätze ihres Kundengesprächs bringt Erika Nabler nur noch krächzend hervor. Schon seit gestern Abend fühlt sie sich nicht gut, aber in den letzten Stunden hat sich die Erkältung so richtig ausgebreitet. Nachdem sie Wasser für einen Tee aufgesetzt hat, klopft sie an die Bürotür ihres Chefs.

«Mich hat's jetzt richtig erwischt, Martin. Die Halspastillen helfen auch nicht mehr.» - «Dann geh lieber nach Hause. Die letzten beiden Stunden schaffen wir auch zu zweit. Hast du noch Kundentermine für heute?»

«Nein, Herr Vogel eben war der Letzte. Ich hoffe ich hab ihn nicht angesteckt.»
«Bei uns vermehrt sich nicht nur das Geld, sondern auch die Bakterien», lacht Langenbrunner, «Fahr heim und nutze das Wochenende um dich richtig auszukurieren, Erika», zeigt sich Martin seiner Kollegin gegenüber mitfühlend.

«Ach Mensch, ausgerechnet jetzt muss ich krank werden. Morgen wollte ich mit meinem Mann in die Theaterpremiere», seufzt Erika. «Wäre das vielleicht was für dich und Paula? Die Karten haben wir ja schon und in der Verfassung bin ich bis morgen sicherlich nicht wieder fit. Wär ja schade drum.»

Nachdem Martin Langenbrunner kurz mit seiner Frau telefoniert hat, entscheidet er sich das Angebot seiner Kollegin anzunehmen.

«Ich komm dann später bei euch vorbei wegen den Karten. Danke nochmal. Aber jetzt schau dass du ins Bett kommst.»

~

Larissa lässt die Haustür hinter sich ins Schloss fallen, hängt ihre Jacke an die Garderobe und macht sich gleich auf den Weg in ihr Zimmer.

Die Schultasche wirft sie neben das Bett und setzt sich mit ihrem Laptop auf selbiges. Schnell tippt sie ihre Passwörter ein und ist kurz darauf bei Facecom angemeldet.

Marie ist auch online und Larissa schreibt ihr eine kurze Nachricht, dass sie wegen dem Kino gefragt, aber keine Erlaubnis von ihrer Mutter bekommen hat.

Kurz darauf klickt sie auf das Profilbild von Tobi um ihm eine kurze Nachricht zu schreiben:

Lady Lala:

Endlich Wochenende! Bist du auch schon daheim?

Anschließend stellt sie den Laptop beiseite und geht nach unten in die Küche um sich was zu trinken zu holen. Als sie wenige Minuten später mit einer Flasche Sprudel und ein paar Keksen wieder in ihr Zimmer kommt, kündigt ein blinkendes Symbol auf dem Bildschirm eine neue Nachricht an. Sie steckt sich einen Keks in den Mund, legt die restlichen zusammen mit der

Flasche auf den Nachttisch und greift gespannt nach ihrem Laptop. Kurz darauf huscht ein Lächeln über ihr Gesicht. Tobi hat geantwortet.

Mr.Fun:

Ja, bin auch schon zuhause.

Larissa macht es sich auf ihrem Bett bequem und schreibt zurück.

Lady Lala:

Das ist ja schön. Ich hab heute eine zwei bekommen und nächste Woche fangen die Herbstferien an. Da können selbst meine Eltern nicht meckern, dass ich mehr lernen muss.

Mr.Fun:

Und deinen Hausarrest hast du auch hinter dir. Dir geht's ja jetzt richtig gut.

Lady Lala:

Ja, stimmt. So schlimm kamen mir die zwei Wochen gar nicht vor. Dank dir wurde es ja nicht langweilig.

Mr.Fun:

Mir auch nicht. Ich sollte mich vielleicht bei deinen Eltern bedanken.

Lady Lala:

Wag es bloß nicht.

~

Es beginnt schon zu dämmern als Paula Langenbrunner an diesem Abend ihren Laden abschließt. Da es noch überraschend angenehme Temperaturen hat, beschließt sie, zu Fuß nach Hause zu gehen, anstatt auf ihren Mann zu warten. Dieser macht heute noch einen kleinen Umweg um bei seiner Kollegin die Theaterkarten abzuholen. Paula freut sich darauf, gemeinsam mit ihm zur Theaterpremiere zu gehen, auch wenn sich dies so kurzfristig ergeben hat. Manche Gelegenheiten muss man eben nutzen.

~

Als Martin nach Hause kommt ist es bereits nach acht.
«Ich hab mich noch mit Otto verquatscht. Der Arme muss jetzt den Hausmann spielen und seine Frau pflegen. Da konnte er etwas moralische Unterstützung gebrauchen», erläutert er grinsend, während er die Theaterkarten aus der Tasche zieht.

«Die Vorstellung beginnt um 19 Uhr. Was hältst du davon, wenn wir davor noch schön essen gehen?», fragt Martin seine Frau mit einem tiefen Blick in ihre Augen.

«Das klingt ja wundervoll», grinst diese. «Vor allem weil ich morgen noch bis 14 Uhr im Laden bin. Da hätte ich ja gar keine Zeit zu kochen.»

Paula wirft Martin einen Kuss zu und dieser nimmt zwei Weingläser aus dem Schrank. Sie ist sich sicher, dass es nicht sein erstes Glas für heute sein wird. Seitdem Otto Nabler voriges Jahr in den Vorruhestand gegangen ist, hat er ein neues Hobby für sich entdeckt und lädt bei jeder sich bietenden Gelegenheit zu einer Weinprobe. Heute Abend war es wohl wieder einmal soweit.

Als Larissa etwa eine halbe Stunde später nach unten kommt, trifft sie ihre Eltern eng auf dem Sofa beieinandersitzend mit roten Wangen an. «Setz dich zu uns Krümelchen,» meint Paula leicht verlegen, «der Papi und ich haben nochmal gesprochen.»

Ganz das Familienoberhaupt ergreift Martin dann das Wort, nachdem sich Larissa auf die Lehne vom Sofa gesetzt hat.

«Du scheinst in den letzten beiden Wochen ja verstanden zu haben, wie wichtig das Lernen ist. Das siehst du ja schon an deiner Bio-Note. Das war das Wichtigste und das war auch der Grund weshalb wir dir den Hausarrest gegeben haben. Wir wollen schließlich nur das Beste für dich.»

Ungeduldig zieht Larissa die Augenbrauen nach oben und rutscht auf der Sofalehne hin und her, während sie darauf wartet, dass ihr Vater endlich zum Punkt kommt.

«Und weil du uns gezeigt hast, dass du in der Lage bist, das Richtige zu tun, haben deine Mutter und ich beschlossen, dass du morgen mit deinen Freundinnen ins Kino gehen darfst.»

Ein überraschtes «Oh,..danke», ist was Larissa als Erstes in den Sinn kommt. Sie hat schon gar nicht mehr damit gerechnet, doch noch die Erlaubnis zu bekommen. Sie hatte sich nicht mal mehr daran erinnert, heute Mittag nochmals gefragt zu haben. Nachdem sie stundenlang gechattet hat, war sie auf viele andere Gedanken gekommen.

«Wir wissen, dass du ein verantwortungsvolles und kluges Mädchen bist,» sagt Martin, ohne den Stolz in seiner Stimme verbergen zu wollen, «...und deshalb sollst auch du ein schönes Wochenende haben.»

Als Larissa wieder in ihr Zimmer kommt ist es schon nach halb zehn. Sie blickt auf den Laptop, doch Marie ist nicht mehr online. Anstatt ihr eine Nachricht wegen dem Kino zu schreiben, klickt sie auf ein Katzenvideo auf der Seite. Ein paar Minuten später blinkt doch noch eine neue Nachricht am Bildschirmrand auf. Von Tobi. Sofort hat Larissa wieder ein Grinsen im Gesicht. Sie freut sich, dass er noch da ist. Mit drei Smileys teilt sie ihm mit, den Hausarrest jetzt ganz offiziell überstanden zu haben.

Mr.Fun:

Ich freu mich mit dir. Passend zum Wochenende bist du wieder frei. Kann doch gar nicht besser laufen.

Lady Lala:

Ja, der Tag war heute echt gut. Auch wenn die beiden heute Mittag schon hätten Ja sagen können, als ich wegen dem Kino morgen gefragt hab. Jetzt ist zu spät.

Mr.Fun:

Nicht wieder ärgern, das Kino läuft ja nicht weg. Und bis morgen ist noch Zeit. Also entspann dich mal.

Lady Lala:

Ja klar, aber meine Freundinnen haben die Karten ja vorhin schon online bestellt.

Mr.Fun:

Dann gehst du halt mit mir.

Larissa´s Wangen färben sich rot. Noch ehe sie eine Antwort tippt, blinkt es erneut auf dem Bildschirm auf.

Mr.Fun:

Ich bin morgen in der Nähe von Moosthal. Würde also passen.Aber so viel Zeit, dass es für Kino reicht hab ich leider nicht.

Larissa muss schlucken. Irgendwie hat ihr der Gedanke gefallen.

Es ist bereits nach Mitternacht als sich Larissa im nur noch vom Bildschirm beleuchteten Zimmer aus der Community abmeldet. Zuvor hatte sie noch dutzende Nachrichten mit Tobi geschrieben. Dies war nicht zum ersten Mal der Fall in den letzten Wochen. Insbesondere während ihres Hausarrestes verbrachte Larissa viel Zeit auf Facecom und fand in Tobi einen so tollen virtuellen Gesprächspartner.

Als das Surren ihres Laptops verstummt, stellt sie sich vor, wie es wäre, würde Tobi wirklich mit ihr ins Kino gehen. Hatte er es nur im Spaß gesagt oder wirklich mit dem Gedanken gespielt? Zwei Klassenkameradinnen haben bereits einen Freund und Larissa hätte nichts dagegen, künftig auch dazu zu gehören. Und dann auch noch mit einem Jungen, der bereits seinen Abschluss hat und keinem so kindischen wie denen aus ihrer Stufe. Die Gedanken begleiten sie, bis sie später einschläft.

~

Der Duft von frisch gebackenen Brötchen verteilt sich im Langenbrunner-Haus als Larissa an diesem Samstagmorgen ihre Augen aufschlägt. Draußen schimmert schon dezent die aufgehende Sonne und sie könnte sich ohne weiteres noch in ihr Kopfkissen kuscheln. Doch stattdessen schlägt sie die Bettdecke zurück und steht auf. Auf dem Weg aus dem Zimmer schaltet sie im Vorbeigehen noch den Laptop ein bevor sie nach unten in die Küche geht.

«Guten Morgen, Krümelchen. Schon auf?», begrüßt ihre Mutter sie erstaunt. Larissa nickt nur, während sie einen Blick auf die Uhr wirft. Viertel vor acht an einem Samstag ist sonst wirklich nicht ihre Zeit.

«Weißt du denn schon, was du heute machst?», fragt Paula zwischen zwei Schlucken aus ihrer Kaffeetasse. «Wann geht ihr denn ins Kino?»

«Ähm um drei...», gibt Larissa zurück.

«...oder vielleicht um sechs. Marie wusste das gestern noch nicht so genau.»

«Dann ist es acht Uhr und dunkel wenn ihr aus dem Kino kommt. Magst du dann lieber gleich bei Marie übernachten? So muss keine von euch

Mädels alleine heim laufen und ich muss mir auch keine Sorgen machen.»

«Ja, keine schlechte Idee. Vielleicht machen wir das so», antwortet Larissa noch immer etwas verschlafen.

Wenig später macht Paula sich auf den Weg in ihren Blumenladen und Larissa geht wieder hoch in ihr Zimmer. Dort blickt sie sogleich auf ihren Laptop und meldet sich bei Facecom an. *'Mr. Fun ist offline'* zeigt es auf dem Bildschirm an. Mit einem leisen Seufzen lässt Larissa sich in ihren Stuhl fallen. Ob er wohl schon unterwegs ist?

Der Gedanke, ihn zu treffen geht ihr seit gestern Abend nicht mehr aus dem Kopf. Mit ihm würde sie richtig gerne ins Kino gehen. Aber er hat ja schon gemeint, dass er keine Zeit hätte, obwohl er in der Nähe ist. Es hätte so schön sein können nach den letzten zwei Wochen. Erst nach mehrmaligem Nachfragen hat er ihr gestern verraten, weshalb er heute überhaupt in ihrer Nähe ist. Er soll im Baumarkt eine Gasflasche für seinen Vater besorgen, damit dieser im Winter seine Schrebergartenhütte heizen kann. Larissa selbst war auch schon zwei- oder dreimal mit ihren Eltern in dem Baumarkt gewesen. Etwas mehr als eine halbe Stunde weg von hier. Wieder steigt ein ungewohntes Gefühl der Sehnsucht in ihr auf. Nochmals drückt sie auf die Taste um die Seite zu aktualisieren, doch Tobi´s Name erscheint nach wie vor in grau, was bedeutet, dass er derzeit nicht online ist. Daraufhin beschließt sie, ihm zumindest eine kleine Nachricht zu hinterlassen. Doch nachdem sie sein Profilbild angeklickt hat überlegt sie noch kurz, was sie denn überhaupt schreiben soll. Ihre Finger tippen drauf los, löschen die ersten Worte wieder. Larissa blickt kurz zum Fenster, atmet tief durch und setzt erneut ihre Finger auf die Tastatur.

Lady Lala:

Hey, falls es im Baumarkt nicht so lange dauert und du Lust hast, kannst du ja doch kurz nach Moosthal kommen. Ich würde mich freuen. Wir haben hier einen Laden, da gibt's voll die leckeren Crêpes. Ich lade dich ein :)

Wieder spürt Larissa das ungewohnte Kribbeln in der Magengrube. Mit einem Lächeln im Gesicht schaut sie auf den Bildschirm. Hoffentlich liest er es noch rechtzeitig. Sie streckt sich und geht dann wieder runter in die Küche um sich was zum frühstücken zu holen. So toll findet sie Crêpes im 'Tamara´s' gar nicht, aber ihr war nichts besseres eingefallen, wo man sich spontan treffen könnte. Sie will nur nicht die Chance verpassen, Tobi persönlich kennen zu lernen.

«Guten Morgen», ertönt es plötzlich hinter ihr aus dem Flur. Martin Langenbrunner steht in seinem Sport-Outfit da und grinst seiner Tochter zu. «Willst du nicht mit in den Tennisclub kommen, anstatt alleine zu frühstücken?»

Diese schüttelt nur den Kopf und meint «Ich dachte du spielst da Tennis und frühstückst nicht nur.» - «Ich nehm mir halt Zeit für beides. Magst du dich nicht auch mal am Tennisschläger versuchen? In deinem Alter hab ich schon gespielt.» Wenig begeistert wiegelt Larissa ab: «Ein andermal vielleicht. Deine Sportbegeisterung hab ich bestimmt nicht geerbt. Aber ich wünsche dir trotzdem viel Spaß.»

«Wie du meinst.» Martin greift grinsend zu seinen Autoschlüsseln und winkt seiner Tochter zu: «Ich wünsche dir auch einen tollen Tag.»

~

Die Zigarette in der Hand wackelt und etwas Asche fällt zu Boden. Bevor sie vor lauter Lachen noch ganz runter fällt, legt er sie lieber in den Aschenbecher. Man muss auch mal Glück haben, denkt er sich. «It´s Showtime», ruft er schließlich Richtung Küche.

Schritte kommen näher. Gemeinsam brechen die beiden in lautes Gelächter aus. «Das Aufstehen heute hat sich gelohnt. Heute wird unser Tag.» Nur ein Nicken kommt als Antwort. Dann der Griff zur Zigarettenschachtel. Schließlich ein leiser Satz. «Ich brauche fünf Minuten, dann bin ich weg und du kannst dich um den Rest kümmern.»

Die beiden tauschen die Plätze.

Zigarettenrauch steigt in der Stille auf.

~

Es ist kurz vor neun als Martin vor dem Tennisclub vorfährt. Er freut sich auf ein sportliches Duell, bevor es heute Abend ins Theater geht. Einfach abschalten von der stressigen Arbeitswoche, noch was für die eigene Fitness tun und dann entspannt ins Wochenende starten.

Zur gleichen Zeit bindet Paula einen Strauß aus verschiedenen Blumen. Die Kundin hat sich bereits zweimal umentschieden. Ein älteres Ehepaar, welches seit ein paar Minuten im Laden ist und wartet, wird langsam aber sicher ungeduldig. Draußen vor dem Schaufenster steht noch ein junger Mann im Kapuzenshirt und blickt in den Laden, während er an einer Zigarette zieht. Paula hat keine Zeit ihm mehr Aufmerksamkeit zu schenken.

Währenddessen kommt Larissa in ihr Zimmer zurück. Nun umgezogen und bereit für den Tag. Doch bereit wofür? Tobi hat noch immer nicht geschrieben, er ist wohl wirklich schon unterwegs. Oder wollte er sie am Ende gar nicht treffen? In den letzten Wochen wollte er noch alles von ihr wissen, doch jetzt, wo er ganz in der Nähe ist, meldet er sich nicht. Larissa schaltet ihre Musikplaylist ein und dreht die Lautstärke auf.

Hektisch tippt der Mann am Kiosk auf sein Smartphone. Nur kurz blickt er unter seiner Kapuze auf um zwei Schachteln Zigaretten und Kaugummi zu ordern. Das Wechselgeld steckt er direkt in die Hosentaschen und macht sich eilig auf den Weg Richtung Marktplatz. Kurz bevor er diesen erreicht verlangsamt er seinen Gang, zündet sich eine Zigarette an und blickt sich um. Er nimmt einen tiefen Zug und blickt durch das Schaufenster. Diesmal ist kein Kunde zu sehen. Ein weiterer Zug, ehe er die Zigarette zu Boden fallen lässt und den Blumenladen betritt.

Paula Langenbrunner begrüßt ihn und fragt, ob sie denn helfen könne. Der potenzielle Kunde atmet hörbar tief ein und wartet noch einen Augenblick, ehe er antwortet, wobei er seinen Blick durch den Laden schweifen lässt.

«Ja, ähm, mein Bruder hat heute morgen bei Ihrer Kollegin Blumen vorbestellt. Sind die schon fertig?»

Paula zieht irritiert die Stirn in Falten und entgegnet seinen Blick suchend: « Oh, da muss ein Missverständnis vorliegen. Meine Kollegin ist heute nicht hier und mir ist keine Vorbestellung bekannt. Was wünschen Sie denn?»

«Oh. Ich muss das klären. Ich komme später nochmal vorbei. Wie lange sind Sie heute hier?» , fragt
der Kunde mit leicht zittriger Stimme.

«Bis 14 Uhr. Soll ich Ihnen schon etwas vorberei-
ten?»

Als Paula die Frage ausgesprochen hat, ist der
Mann, ohne eine Antwort zu geben, schon zur Tür
hinaus. Sie schüttelt kurz den Kopf wegen dem
merkwürdigen Verhalten und greift dann zu einer
Gießkanne.

~

'Neue Nachricht vor 14 Minuten' erblickt Larissa ungläubig, als sie gerade auf ein anderes Lied schalten möchte. Sie hat gar nicht mitbekommen, dass sie eine neue Nachricht erhalten hat. Mit steigendem Puls klickt sie auf das Facecom-Symbol, woraufhin sich die Nachricht öffnet.

Mr.Fun:

Ich bin auf dem Weg. Wenn du willst könnten wir uns um Elf treffen. Ich kenne mich in Moosthal aber nicht gut aus.

«Oh verdammt», platzt es aus Larissa heraus. Da hat er sich tatsächlich nochmal gemeldet und sie hat es verpasst. Auch wenn Tobi inzwischen wieder offline ist, schreibt sie ihm trotzdem eine Nachricht.

LadyLala:

Von mir aus geht das klar. Meine Eltern denken ich geh ins Kino. Hab ja kein Hausarrest mehr. :)

Kaum hat sie die Nachricht abgeschickt, springt Larissa auf, hin zu ihrem Kleiderschrank. Während sie ein Teil nach dem anderen betrachtet, überlegt sie, ob sie ihrer Mutter von ihrem Vorhaben erzählen soll. Doch sie entscheidet sich dagegen. Ihre Eltern würden das wahrscheinlich nicht erlauben, weil sie nicht wissen wie nett Tobi ist. Und sie will nicht riskieren, schon wieder Hausarrest zu bekommen. Wenn es gut läuft, würden sie Tobi früher oder später eh kennenlernen. Dann bleibt noch genug Zeit um zu diskutieren.

Das Mädchen entscheidet sich schließlich für ein graues Shirt mit Eulenmotiv und eine schwarze Hose. Anschließend borgt sie sich aus dem Badezimmer ihrer Mutter noch Lidschatten und Parfum. Gerade als sie wieder in ihr Zimmer kommt, blinkt eine neue Nachricht am Bildschirmrand.

Mr.Fun:

Treffen wir uns dann an deiner Schule und du zeigst mir den Weg zu den Crêpes?

LadyLala:

Gute Idee. Dann um elf auf dem Parkplatz an der Schule. Ich freu mich.

Als Tobi sich daraufhin wieder ausloggt, meldet auch Larissa sich ab und schaltet ihren Laptop aus.

~

«Du würdest den Ball ja nicht mal treffen, wenn er groß wäre wie ein Medizinball», feixt Martin Langenbrunner, nachdem er den ersten Satz klar für sich entschieden hat. «Vielleicht ist heute auch einfach dein Glückstag», kontert sein Spielpartner Georg Drossel trocken und holt zum nächsten Aufschlag aus. Der Ball fliegt übers Netz, Martin sprintet nach rechts und hämmert das Spielgerät wieder zurück. Sein Ehrgeiz ist geweckt, er ist voll in seinem Element. «Von wegen Glück, das ist können», kommentiert er trocken, als Drossel dem Ball nur hinterherblicken kann.

~

Um kurz vor halb elf kniet Larissa vor dem Schuhschrank. Um ein wenig Eindruck auf Tobi zu machen, will sie ihre einzigen Schuhe mit Absatz anziehen. 'Drei Zentimeter sind zwar nicht viel, wirken aber immerhin etwas erwachsener', denkt sie sich. Ihre Eltern sind strikt gegen hohe Schuhe bevor sie ausgewachsen ist. Sie wischt noch kurz mit einem Tuch über die Stiefel bevor sie diese anzieht.

Anschließend überprüft sie mit einem ausgiebigem Blick in den Spiegel das Gesamtergebnis. Larissa lächelt ihrem Spiegelbild entgegen, ist zufrieden mit dem, was sie sieht. Vorsichtig streicht sie sich noch eine Haarsträhne nach hinten und greift dann nach ihrer Jacke. Voller Vorfreude macht sie sich auf den Weg zur Schule.

~

Während Paula die Pflanzen im Regal gießt, muss sie an den Kunden von vorhin denken, der seinen Strauß abholen wollte. Hat sie am Ende vielleicht tatsächlich eine Vorbestellung vergessen? Sie ist mit ihren Gedanken heute mehr als einmal woanders gewesen, hat schon überlegt, was sie am Abend für's Theater anziehen will. Aber dass ihr deshalb ein solcher Fauxpas passiert? Paula wird aus ihren Gedanken gerissen als eine Kundin den Laden betritt.

~

Die Zigarette fliegt im hohen Bogen aus dem Autofenster und landet auf der Straße. Der dunkelgrüne Opel Vectra biegt langsam auf das Schulgelände. Zwei Fahrräder, die wohl gestern vergessen wurden, stehen noch an den Fahrradständern, der Parkplatz ist leer.

Langsam und etwas unsicher ist Larissa unterwegs. Sie ist es nicht gewohnt auf Absätzen zu laufen.

Noch bleiben ihr zehn Minuten bis elf und sie ist fast da. Ihre Gedanken kreisen darum, wie die Zeit am besten zu nutzen ist. Sie denkt schon darüber nach, welchen Crêpes sie später im 'Tamara´s' bestellen soll. Bloß keinen mit Nutella, da ist die Gefahr sich zu blamieren zu groß, wenn die Schokocreme im Gesicht landet.

Starr hat Tobi den Blick auf dem Feldweg gerichtet, welcher an der Schulsporthalle vorbei verläuft. Ob Larissa von dort kommt? Sonst bleibt nur der Weg bei den Fahrradständern, welchen er auch entlang gefahren ist. Ohne seinen Blick abzuwenden, tastet Tobi nach einer Zigarette. In diesem Moment macht sich sein Mobiltelefon bemerkbar. Hektisch blickt er zur Seite. Seine Handflächen sind schweißnass.

Nachdem er ein knappes 'Ja' in sein Smartphone getippt hat legt er es wieder in die Mittelkonsole. Anstatt nach der Zigarettenschachtel zu greifen öffnet er die Autotür und steigt aus. Tobi schließt für einen kurzen Moment die Augen und atmet tief durch. Als er die Augen wieder öffnet lässt er seinen Blick schweifen. Erst auf den Feldweg, dann hinüber zu den Fahrradständern. Er geht ein paar Schritte in diese Richtung und erblickt, wie ein Mädchen auf den Weg einbiegt. Da kommt sie.

Larissa hat ihn auch gesehen und hebt ihre Hand um ihm zu winken. Tobi lächelt.

«Hi, du bist ja schon da», ruft Larissa ihm schon zu, als sie noch ein paar Schritte von ihm entfernt ist. Tobi fährt sich mit der Hand übers Gesicht und antwortet: «Ja, ich hab´s gleich gefunden.»

Da steht er nun tatsächlich vor ihr. Der Junge, der ihr die letzten Wochen so wichtig geworden ist. Mit dem sie unzählige Chat-Nachrichten geschrieben hatte. Und jetzt stehen sie sich gegenüber. Larissa freut sich, hat ihn zur Begrüßung zaghaft umarmt. Er ist knapp einen Kopf größer als sie, trägt einen schwarzen Kapuzenpulli, den sie schon von den Fotos kennt und eine schwarze Hose. Larissa spürt ein freudiges Kribbeln im Bauch.

«Wie geht es dir? Hast du Lust auf Crêpes? Der Laden ist gleich da hinten, keine fünf Minuten zu laufen», sprudelt es aufgeregt aus ihr heraus.

«Klar,» Tobi blickt sich kurz um, «aber wir können doch auch mit meinem Auto fahren. Dann sind wir schneller da.» Ohne einen wirklichen Gedanken zu fassen, nickt Larissa und läuft mit Tobi zum einzigen Fahrzeug auf dem Lehrerparkplatz.

Ganz Gentleman hält er ihr die Beifahrertür auf und meint noch: «Gib mir deine Jacke, die legen wir zu meiner hier auf den Rücksitz.» Larissa fühlt sich geschmeichelt, dass Tobi sich so aufmerksam verhält und sie nicht wie ein Kind behandelt, so wie es ihre Eltern immer noch machen. Sie lächelt, als die Autotür ins Schloss fällt. Mit Jacke wäre es auch zu warm und sie will nicht ins Schwitzen geraten bei ihrem ersten Date.

Sie blickt in den Spiegel, ist zufrieden mit sich und der Welt. Es war die richtige Entscheidung, niemandem etwas zu sagen. Das kann sie danach immer noch machen. Sie malt sich in Gedanken schon aus, wie sie ihren Freundinnen stolz von diesem Tag erzählen wird. Doch jetzt mag sie erst mal nur die Zeit mit Tobi genießen.

Lächelnd blickt Larissa zu ihm als sich Tobi ins Auto setzt. Er schnallt sich an und als er den Wagen startet fällt ihr auf, dass seine Hand zittert. 'Er ist also auch nervös', denkt sie sich, wobei ihr Lächeln noch etwas breiter wird.

«Hast du die Gasflasche bekommen?», fragt Larissa um die Stille zu brechen.

Erschrocken blickt Tobi sich zu ihr um und schüttelt nur den Kopf. Er schaltet das Autoradio ein und meint nur: «Die hatten keine mehr vorrätig.»

«Dann musst du halt nochmal her kommen und mit mir Crêpes essen gehen», grinst Larissa.

Tobi nickt stumm während er den Wagen vom Lehrerparkplatz auf den Feldweg steuert und meint dann: «Du, wegen den Crêpes, ich mag das süße Zeug nicht so. Aber ich hab auf dem Weg hierher ein Bistro gesehen, das sah ganz gut aus, lass uns doch dahin fahren.»

Überrascht blickt Larissa auf, damit hat sie jetzt nicht gerechnet. Aber bevor sie dagegen stimmen kann, fährt Tobi auch schon an der Kreuzung geradeaus, anstatt nach links, Richtung Moosthaler Ortskern, abzubiegen.

Larissa überlegt, welche Bistro's es hier in der Gegend gibt, doch ihr fällt keines ein. Sie ist aber auch selten hier und hat es vielleicht bisher einfach noch nicht gesehen. Als Tobi beschleunigt und Richtung Industriegebiet abbiegt fragt sie: «Wo fahren wir denn hin?»

«Gleich siehst du es. Wir wollen doch deinen Eltern nicht über den Weg laufen, deshalb dachte ich, wir gehen etwas außerhalb hin. Du sollst ja nicht wieder Hausarrest bekommen.»

Larissa lächelt. Dass er sogar daran gedacht hat.

Wenige Minuten später bringt Tobi den Wagen auf einem verlassenen Firmenparkplatz zum Stehen. Noch bevor Larissa etwas sagen kann, meint er zu ihr: «Vorne auf der Hauptstraße findest du Samstagmittag keinen Parkplatz. Darum parken wir lieber hier und laufen die fünf Minuten. Komm, ich hab Hunger.»

Kaum hat er den Satz beendet, steigt er auch schon aus dem Auto. Larissa bleibt noch einen Moment sitzen bevor auch sie ihre Tür öffnet. Ihr kommt der Gedanke, dass sie ihrer Mutter doch kurz schreibt, dass sie mit einem Freund noch in einem Bistro ist. Schließlich hatte sie bisher noch nie solche Geheimnisse vor ihrer Mutter gehabt. Tobi hat gerade den Kofferraum geöffnet, als ein Mann aus der Seitenstraße auf das Auto zu kommt.

«Ich hole nur noch meinen Geldbeutel aus dem Rucksack und dann können wir los», meint Tobi.

Larissa will nach ihrer Jacke auf dem Rücksitz greifen als der Fremde sie plötzlich anspricht. «Hallo Lady Lala».

Erschrocken fährt das Mädchen zusammen. Sie fühlt sich unwohl und mit der Situation überfordert. Ohne dem Mann zu antworten blickt sie fragend zu Tobi.

Blitzschnell zieht Tobi seinen Arm aus dem Kofferraum. Mit der Hand umklammert er fest den Schraubenschlüssel. Während er ausholt rutscht ihm die Kapuze vom Kopf. Der Schlag trifft Larissa seitlich an der Stirn.

~

Blut.

Die große Uhr in der Tennishalle zeigt exakt drei Minuten nach Elf als Martin Langenbrunner aufblickt. Der Schlag seines Kontrahenten hatte eine solche Kraft und eine so unglückliche Flugbahn, dass der Ball direkt im Gesicht von Martin gelandet ist. Nun sitzt er auf einem Stuhl an der Seite und blutet in sein Handtuch. Die Nase schmerzt ihn jedoch weit weniger als sein verletzter Stolz.

~

Blut.

'Was für ein Mist' denkt sich Paula. Die Kundin wollte ihr den Blumentopf zum Kassieren reichen, hat aber zu früh losgelassen. An einer der Scherben hat sich Paula geschnitten. Während sie an der Wunde saugt um die Blutung zu stoppen, bittet sie die Kundin, bemüht ruhig und freundlich, sich doch einen neuen Topf aus dem Regal zu nehmen.

~

Blut.

Drei Tropfen Blut auf dem Parkplatz des alten Sägewerks. Weit und breit ist kein Mensch zu sehen.

Die immer schneller werdende Bewegung ist am ganzen Körper zu spüren. Vor allem im Magen spürt Larissa das Kribbeln. Die Dunkelheit um sie herum verstärkt dieses noch. Es ist wie in der Achterbahn im Freizeitpark, in welche sie sich zunächst nicht getraut hatte. Doch diese Fahrt ist anders.

Es lacht niemand.

Es schreit niemand.

Es wird nicht hell.

Während Larissa versucht ihre Gedanken zu ordnen, verspürt sie einen immer stärker werdenden Kopfschmerz. Langsam kommt die Erinnerung zurück. Spätestens nach einer scharfen Linkskurve wird ihr bewusst, dass sie sich in einem Kofferraum befindet. Doch wieso nur? Voller Panik stößt das Mädchen einen Schrei aus.

Doch die Fahrt geht weiter.

Gerade als der dunkelgrüne Opel das Ortsschild von Leuchtheim passiert, vibriert auf dem Rücksitz ein Handy.

«In ihrer Jacke, Christof», ruft Tobi aufgeregt, während er das Lenkrad noch fester umklammert. Der Beifahrer greift nach hinten auf den Rücksitz und zieht die Jacke zu sich nach vorn. Hektisch greift er in die Innentasche und holt das leuchtende und vibrierende Smartphone hervor.

'Marie ruft an' steht auf dem Display, von welchem einem eine frech grinsende Blondine entgegen blickt. Nach kurzem Überlegen wirft Christof das Handy ins Handschuhfach ehe er die weiteren Taschen von Larissa's Jacke durchsucht. Auch ihren Schlüssel und Geldbeutel befördert er anschließend ins Handschuhfach und wirft die Jacke wieder auf den Rücksitz.

Kurz darauf wird das Auto langsamer, der Weg uneben. Über Kies geht die Fahrt zu Ende. Vor der Schrebergartenkolonie am Ortsrand stoppt Tobi den Wagen. Aus dem Kofferraum hört man es wimmern. Eine brüchige Stimme ruft nach Hilfe. Tobi dreht das Autoradio laut auf. Einige Sekunden sitzen die beiden schweigend nebeneinander, ehe Christof die Tür öffnet.

Langsam steigt er aus, blickt sich in alle Richtungen um. Mit voller Wucht schlägt er die Tür zu.

Der Knall der Tür hallt im Inneren des Wagens nach. Larissa verspürt einen Schmerz in ihrem Kopf, wie noch nie zuvor. Sie traut sich nicht, auch nur einen Mucks von sich zu geben.

Christof geht auf das etwa zehn Meter entfernte Gartenhäuschen zu. Bei jedem Schritt lässt er seinen Blick ringsherum kreisen. Niemand ist zu sehen. Er greift nach dem Schlüssel in seiner Hosentasche und steckt ihn in das Schlüsselloch. Noch ein Blick zum Auto, bevor er einen Schritt hinein macht. Im Inneren riecht es nach kaltem Rauch. Er greift nach einer kleinen Flasche, die auf einem Schrank vor dem einzigen Fenster steht. Christof atmet tief durch ehe er die Flasche öffnet. Mit einer schnellen Bewegung schüttet er einen grossen Schluck auf ein daneben liegendes Tuch. Anschließend stellt er die Flasche wieder ab, greift nach dem Tuch und verlässt das Gartenhäuschen.

Im selben Moment stößt Tobi die Autotür auf und springt aus dem Wagen. In Sekundenschnelle öffnet er die Hintertür und greift nach der

Abdeckplane auf dem Rücksitz, noch bevor Christof wieder am Auto ankommt.

Die beiden blicken sich in die Augen und Christof nickt stumm. Während Tobi daraufhin den Kofferraum öffnet, spannt Christof seinen Arm an um Larissa das getränkte Tuch sogleich aufs Gesicht zu drücken. Ohne Widerstand fällt ihr Kopf Sekunden später zur Seite. Nur das Autoradio ist noch zu hören.

Tobi wirft die Abdeckplane über den regungslosen Körper im Kofferraum, bevor er nach vorne geht und sich in das Innere des Wagens beugt. Noch bevor er das Radio zum Schweigen bringt, greift er mit zittriger Hand zur Zigarettenschachtel.

Er steckt sich gleich eine Zigarette an und nimmt einen tiefen Zug bevor er wieder zu seinem Kumpanen geht. Christof hat inzwischen die Plane um den Körper des Mädchens geschlungen. Die beiden Männer blicken sich an, Christof hebt seine rechte Hand und Tobi schlägt diese direkt ein. «Yes Baby!», ruft Christof und bricht in lautes Lachen aus.

In diesem Moment kommt ein weiteres Auto den Kiesweg entlang. Wie gebannt blicken die beiden in dessen Richtung.

Christof findet als erster wieder Worte: « Los, ich mach das hier, schaff du sie rein!» Tobi greift nach Larissa´s Körper und hievt ihn aus dem Auto. Mit einem Schwung befördert er sich das Mädchen über die Schulter und trägt sie ins Gartenhäuschen. Christof bleibt währenddessen noch stehen und tut so, als ordne er etwas im Kofferraum. Zu keinem Zeitpunkt lässt er das Ehepaar aus dem Augen, welches ihr Auto geparkt hat und nun in die Schrebergartenanlage kommt. Als die beiden in etwa auf Höhe des Opels sind, hebt der Mann seinen Arm zum Gruß. Christof kann sich im Moment nicht an den Namen des Mittfünfzigers im karierten Hemd erinnern, weiss nur, dass die beiden ihren Garten in der übernächsten Reihe haben.

´Okay, ganz ruhig´, denkt er sich. ´Hätte schlimmer kommen können´.

Christof schlägt den Kofferraumdeckel zu und begibt sich ebenfalls in den Garten. «Und?», blickt er Tobi fragend an. «Alles wie es sein sollte. Sie ist da drin. Wie lang hält die Betäubung an?», meint dieser, als gerade die Tür zum Gartenhäuschen hinter ihm ins Schloss fällt.

«Normal nicht länger als eine Viertelstunde.» - «Gut. Bleibt Zeit für eine Zigarettenpause.»

Christof grinst und greift nach der angebotenen Zigarette.

~

Irgendwo in der Ferne schlagen die Glocken eines Kirchturms zwölfmal. Tobi ergreift die Klinke des Gartenhäuschens, blickt sich noch einmal um ehe er sie nach unten drückt. Dicht gefolgt von Christof betritt er das kleine Häuschen. Die Augen der beiden müssen sich zunächst an die Dunkelheit darin gewöhnen. Der Schrank vor dem Fenster lässt nur einen etwa handbreiten Spalt für das Tageslicht. Tobi schaltet eine kleine Lampe an um für etwas mehr Helligkeit im Raum zu sorgen.

In der hinteren Ecke kommt Larissa langsam zu sich. Tobi macht einen Schritt zu ihr hin und zieht sie hoch. Mit verängstigtem Blick schaut sie ihm in die Augen. Gerade als das Mädchen wieder bei Sinnen ist, packt Tobi sie an den Schultern und drückt sie gegen die Wand. «Hey du, hör gut zu.» Larissa blickt ihn mit weit aufgerissenen Augen an. Voller Angst, voller Ehrfurcht lauscht sie seinen Worten.

«Lady Lala oder wie auch immer, ich will nichts von dir. Damit das geklärt ist. Du interessierst mich nicht. Du bist nur als Mittel zum Zweck hier. Aber wenn du tust, was wir dir sagen, wird dir nichts passieren.»

Tränen laufen über Larissa′s Wangen. Als Tobi sie loslässt, sinkt sie schluchzend zu Boden.

Christof tritt zu ihr hin, bückt sich hinunter und reicht ihr eine Flasche Wasser: «Komm, trink.»

Zögerlich greift Larissa nach der Flasche, trinkt einen kleinen Schluck und gibt sie an Christof zurück, ohne ihren Blick zu ihm zu wenden. Blitzschnell greift dieser nach dem Arm des Mädchens und drückt sie zu Boden. Er zieht ein Seil aus seiner Jackentasche und schlingt es um Larissa′s Arme. Mit geübten Griffen zurrt er diese zusammen.

«Was machen Sie mit mir?», wimmert Larissa. Sie beginnt vor Angst zu zittern als sie sieht, dass Christof eine Rolle Klebeband vom Regal nimmt. Er reisst einen Streifen ab und hält das Mädchen an den Haaren fest, während er ihr den Mund zuklebt. «Bleib ruhig», meint Christof nur, «wir wollen doch nicht, dass dir was passiert.» Er wirft ihr noch eine Decke über, bevor er ihr den Rücken zu dreht. Tobi öffnet die Tür, Christof schaltet die Lampe aus und folgt ihm nach draussen. Zweimal dreht sich der Schlüssel im Türschloss.

Larissa versucht, nicht zu panisch zu atmen. Das Klebeband schmerzt an ihren Lippen. 'Was haben die mit mir vor?' geht es ihr durch den Kopf. Doch sie kann sich nicht erklären wieso sie hier liegt. Leise beginnt sie zu weinen.

~

Der grüne Opel rollt langsam über den Kiesweg. Es dauert eine Weile, bis Tobi´s Anspannung etwas nachlässt. Nach ein paar Minuten öffnet Christof das Handschuhfach und greift nach Larissa´s Geldbeutel. «Schau einer an, 80 Euro in bar, die Kleine bekommt anscheinend großzügig Taschengeld», sagt Christof mehr zu sich selbst. Im Seitenfach fällt sein Blick auf zwei Fotos. Einmal Larissa, fröhlich lachend, eng umschlungen mit einem anderen Mädchen und zum anderen, festlich gekleidet im Kreise ihrer Eltern. Für ein paar Sekunden belässt Christof seinen Blick auf dem Foto, dann sucht er weiter. Im Fach dahinter findet er dann schließlich was er sucht:
«Birkenstraße 42, wie ich vermutet habe», sagt er, Larissa´s Schülerausweis in der Hand haltend.

Sich exakt an die Verkehrsregeln haltend, steuert Tobi den Wagen durch die Straßen von Moosthal. Als sie in die Birkenstraße einbiegen, holt Christof einen großen Briefumschlag aus dem Handschuh-fach. In einer Parklücke bringt Tobi den Wagen zum Stehen. Christof greift erneut ins Handschuh-fach und streift sich einen Latexhandschuh über seine rechte Hand. Wenige Sekunden später öffnet er die Autotür, den Umschlag in seiner linken Hand.

Zielstrebig läuft er die menschenleere Straße entlang. Ein zufriedenes Grinsen huscht über sein Gesicht als er die Hausnummer 42 erblickt. Fast im Vorbeigehen greift er mit seiner rechten Hand in das Kuvert und zieht einen weiteren Umschlag heraus, welchen er schnell im Briefkasten mit dem Namen 'Langenbrunner' verschwinden lässt. Schnellen Schrittes läuft Christof weiter. An jedem weiteren Briefkasten macht er kurz halt und tut so, als würde er etwas einwerfen. Sicher ist sicher, falls ihn neugierige Nachbarn bemerken sollten. Als er das Haus mit der Nummer 50 am Ende der Straße erreicht, blickt sich Christof erstmals um. Auf dieses vereinbarte Zeichen hin startet Tobi den Motor und holt seinen Kumpanen wieder ab. Beide schweigen bis der Wagen die Birkenstraße verlassen hat.

Tobi steuert kurz darauf auf die Tankstelle am Ortsrand zu. «Was soll das denn?», fährt Christof ihn mit aufbrausender Stimme an. Diesen Zwischenstopp hatte er so nicht eingeplant. «Ich brauche eine kurze Pause und ein voller Tank kann auch nicht schaden.» Ohne eine Antwort abzuwarten steigt Tobi aus. Mit eiskalten Händen hält er den Tankstutzen. Langsam atmet er ein und aus, um sich selbst zu beruhigen.

~

Mit Mühe und einiger Anstrengung ist es Larissa schließlich gelungen, die Decke abzuschütteln und aufzustehen. Sie versucht, mit dem Ellenbogen die Türklinke nach unten zu drücken, doch die Tür öffnet sich nicht. Enttäuscht geht sie einen Schritt zurück und reckt sich dann, um über den Schrank blicken zu können. Sie will zumindest wissen, wo sie hier ist. Doch so sehr sie sich auch reckt und streckt, mehr als den Himmel und ein paar Bäume erkennt sie nicht, der Schrank ist zu hoch für sie.

Schließlich springt das Mädchen mit aller Kraft, die sie in ihren Beinen aufbringen kann, vom Boden ab. Auch wenn es keine Sekunde war, die sie durch den schmalen Spalt aus dem Fenster sehen konnte, ist sich Larissa sicher, dass das da draußen ein Garten ist. Nur wessen? Abermals springt sie nach oben, versucht sich so viele

Details wie möglich einzuprägen. Immer wieder aufs Neue springt sie hoch. Schweißperlen tanzen auf ihrer Stirn, die Schmerzen in ihrem Körper ignoriert sie in diesem Moment. Links ein Kiesweg, dann ein Baum. Rechts eine kleine Hecke und eine Tanne.

Ein erneuter Sprung. Die Tanne und da, ein kariertes Hemd. Sofort springt sie mit der Kraft ihrer Waden nochmals mit beiden Füßen vom Boden ab. Da kommen zwei Leute den Kiesweg entlang.

Der Absatz ihres linken Stiefels erreicht den Boden zuerst. Einen winzigen Moment zu früh um das Gleichgewicht halten zu können.

Ein dumpfer Ton ertönt aus dem ersten Garten-häuschen in der Siedlung. Das Ehepaar Thalhof, welches gerade daran vorbei läuft, schenkt dem jedoch keine weitere Beachtung. «Jetzt freu' ich mich richtig auf deinen Rollbraten daheim», meint der Mann im karierten Hemd zu seiner Gattin.

~

Kaum hat der dunkelgrüne Opel Vectra die Tankstelle verlassen, raunzt Christof Tobi an: « Wir sind so kurz vor dem Ziel. Versau' es uns jetzt nicht mit deiner Scheiß-Nervosität! Der blöden Göre geht es gut. Ihr Alter findet unsere Nachricht gleich in der Post, bezahlt online und schon morgen genießen wir die Sonne und den Strand. Hab' ich doch alles lang und breit geplant.»

Tobi nickt stumm und blickt geradeaus auf die Straße.

~

Die digitale Uhr im Auto zeigt exakt 13:01 Uhr als Martin Langenbrunner in seiner Garage ankommt. Beschwingt steigt er aus, geht zum Haus und leert vor dem Hineingehen den Briefkasten. Die drei Kuverts legt er auf die Kommode, ehe er ins Bad geht um sich zu vergewissern, dass seine Nase durch den verunglückten Tennisball wirklich nicht in Mitleidenschaft gezogen wurde.

Erleichtert und frisch geduscht kommt er eine Viertelstunde später aus dem Badezimmer zurück, greift sich die Post und geht in die Küche. Mit einem gezielten Wurf befördert er die Briefe auf den Küchentisch und macht dann selbst noch zwei Schritte hin zum Kühlschrank. Er lässt seinen Blick einmal quer über den Inhalt schweifen. Der Tisch im Restaurant ist für 17 Uhr reserviert, bis dahin will er nicht riskieren zu verhungern, denkt er sich.

~

«Ich besorg uns noch was zu essen, du gehst schon mal hoch an den Computer. Du weißt, was zu tun ist», meint Christof zu Tobi, nachdem die beiden in einer tristen Wohnhaussiedlung in Leuchtheim aus dem Auto gestiegen sind. Schweren Schrittes steigt dieser die Treppen zu einer Wohnung im dritten Stock nach oben. Kaum dort angekommen schaltet er den Computer ein, bevor er in die Küche geht und sich ein großes Glas Wasser einlässt. Ohne das Glas abzusetzen schüttet er sich das kühle Nass in die Kehle. Nachdem er das Glas wieder abgestellt hat, setzt er sich vor den Computer. Er klickt auf das Symbol in der Ecke um sich in der Facecom-Community anzumelden.

~

Mit einem großzügig belegten Wurstbrot setzt sich Martin an den Küchentisch. Während er den ersten Bissen genüsslich kaut, greift er sich einen der Briefe. Er überfliegt das Schreiben nur, erkennt auch so die Botschaft, dass sein Stromanbieter ab dem Jahreswechsel mehr Geld von ihm möchte.

Das zweite Schreiben ist an Paula gerichtet. Am Stempel auf dem Umschlag erkennt Martin, dass dieser Brief von Dr. Holt, ihrem gemeinsamen Zahnarzt kommt. Wohl die jährliche Erinnerung an den nächsten Kontrolltermin. Mit einer gewissen Portion Schadenfreude, dass dieser Brief nicht ihm gilt, legt er diesen beiseite. In diesem Moment klingelt das Telefon und Martin steht mit einem Grinsen im Gesicht auf.

~

«Vielen Dank, Ihnen ebenfalls ein schönes Wochenende», verabschiedet Paula die letzte Kundin für heute. Sogleich wendet sie das Schild an der Tür. Der Blumenladen ist jetzt geschlossen. Eilig verräumt sie die übrigen Blumen in das gekühlte Hinterzimmer. Heute möchte sie schnell nach Hause. In diesem Moment laufen Marie und Christine am Schaufenster vorbei. «Ach schade, schon zu. Vielleicht hätten wir beide Frau Langenbrunner überreden können, dass Larissa doch mitkommen darf. Die ist doch sonst nicht so streng», sagt Christine zu ihrer Freundin. Die beiden Mädchen blicken nochmal durch die Tür in den Innenraum des Blumenladens. Da niemand zu sehen ist, gehen die zwei weiter.

~

Den Blick starr auf den Computerbildschirm gerichtet, klickt Christof auf 'Aktualisieren'. Nichts geschieht. Der Rauch der Zigaretten zieht an ihren Gesichtern vorbei, die gebannt auf den Monitor blicken. Ein erneuter Klick. Doch es tauchen keine neuen Transaktionen auf dem Bildschirm auf. *'Payball-Damit die Zahlung rund läuft'* prangt das Logo auf der Seite. Christof kommt der Satz in diesem Moment vor wie Hohn.

~

Das schallende Lachen ihres Mannes ist das erste, was Paula an diesem Nachmittag wahrnimmt, als sie das Haus betritt. Sie folgt der Geräuschquelle ins Wohnzimmer, wo sie Martin mit dem Telefon am Ohr vorfindet und wirft ihm einen Luftkuß zu. « Oh, das holde Weib ist nach Haus gekommen. Ich sollte so langsam mal zum Schluß kommen, Otto», frotzelt Martin mit Blick zu seiner Frau.

~

Mit inzwischen schweißnasser Hand erfolgt der Klick auf *'Aktualisieren'*. Der wievielte mag das jetzt gewesen sein. Und stets das gleiche Ergebnis: *Keine neuen Transaktionen.*

«Das kann doch wohl nicht wahr sein», fährt es aus Christof heraus. In seiner Wut fegt er mit dem Arm die leere Imbisspackung vom Tisch vor ihm. « Der kam die letzten Samstage immer vor Eins aus seinem bescheuerten Tennisclub. Wenn er sofort überwiesen hätte, müsste das Geld schon seit einer

Stunde da sein und wir könnten die Göre wieder loswerden. Spätestens um fünf morgen früh müssen wir zum Flughafen.» Zum ersten Mal machen sich Zweifel in Christof´s Gesicht breit.

~

«Man merkt echt, dass seine Frau derzeit keine Stimme hat. Otto hat geredet wie ein Wasserfall», erzählt Martin seiner Frau vom Telefonat. «Wenn deine Kollegin noch länger krank ist, wirst du ja noch zu einer richtigen Tratschtante», neckt Paula ihn. «Hast du Larissa noch gesehen als du heim gekommen bist?»

«Nein, sie war schon weg.»
Paula ist darüber überrascht. «Schon? Das ist dann aber früh. Ich ruf sie mal kurz an, der Film läuft um die Zeit sicher noch nicht.» Kaum hat sie die Worte ausgesprochen, greift sie auch schon zum Telefon, welches Martin neben sich aufs Sofa gelegt hat.

«Schatz, lass das doch. Sie freut sich jetzt , den Hausarrest überstanden zu haben, hat gute Noten und Ferien. Da sei es ihr gegönnt, sich mit ihren Freundinnen vor dem Kino mit Fastfood vollzustopfen. Haben wir doch auch alle mal gemacht», wendet Martin ein.

Paula grinst. «Du hast ja Recht. Manchmal will ich es selbst nicht wahrhaben, aber unsere Kleine ist inzwischen ein verantwortungsbewusster Teenager und braucht ihre Freiheiten.» Mit einem leichten Kopfschütteln legt sie das Telefon beiseite.

~

'Keine neuen Transaktionen'

«Verdammt, verdammt, verdammt», ruft Christof, während er mit seiner flachen Hand auf den Schreibtisch schlägt. Tobi, der direkt neben ihm sitzt, fährt erschrocken zusammen und fragt dann mit leerem Gesichtsausdruck: «Und wie soll es jetzt weiter gehen?» - «Wir müssen die Göre loswerden bevor sie anfängt Ärger zu machen.»

~

«Hey, Samstagabend, Partytime», gibt sich Christof betont locker, als er im Getränkemarkt mit einer Halbliterflasche Hochprozentigem an die Kasse kommt. Der junge Verkäufer schaut ihn mit emotionslosem Gesicht an. Nach seinem Ausweis muss er diesen Kunden sicher nicht fragen, ist er doch gut und gerne einige Jahre älter als er selbst. Er kassiert die Flasche des günstigsten Schnaps, welcher sich im Sortiment befindet und schaut seinem Kunden dann noch bis auf den Parkplatz hinterher. Christof schraubt die Flasche bereits auf dem Weg zum Auto auf. Als der Verkäufer sieht, dass er auf den Beifahrersitz steigt und sich nicht selbst ans Steuer setzt, lässt der er seinen Blick ab und macht einen Kontrollgang durch den Markt.

Christof nimmt zunächst einen kleinen Schluck aus der Flasche und klemmt sie dann zwischen seine Schenkel. Mit seiner rechten Hand tastet er in seiner Jackentasche und zieht ein kleines, braunes Fläschchen heraus. Er schüttelt dieses zunächst mit drei kräftigen Bewegungen, bevor er den Deckel löst. Vorsichtig umfasst er das kleine Glasbehältnis mit Daumen und Mittelfinger und füllt von dessen Inhalt, durch leichtes Klopfen mit dem Zeigefinger auf den Flaschenboden einige Tropfen der blassen Flüssigkeit in den Schnaps.

«Zwölf, dreizehn, vierzehn...», zählt Christof mit, «...das sollte reichen. Wir müssen dafür sorgen, dass sie sich an nichts erinnern kann. Hiermit wird vom heutigen Tag nicht viel übrig bleiben. Außer ein paar Kopfschmerzen vielleicht. Ich hoffe ihre Alten zahlen noch. Aber das Geld heben wir dann eh erst in Thailand ab. Ich will hier so schnell wie möglich weg. Und die Tickets für morgen sind schon gebucht.»

~

Es beginnt schon zu dämmern, als Tobi den Wagen auf dem Kiesweg zum Stehen bringt. Kein weiteres Auto ist zu sehen, der Weg menschenleer. Christof steigt als Erster aus. Die Schnapsflasche hält er mit seiner Jacke verdeckt und blickt sich, um sicher zu gehen, nochmals in alle Richtungen um. Dann steigt auch Tobi aus dem Auto, den Schlüssel für das Gartenhäuschen bereits in der Hand. Nach wenigen Schritten stehen die beiden wieder vor der Tür. Noch ein Blick nach hinten, dann steckt Tobi den Schlüssel in die Tür. Zwei Umdrehungen später öffnet er diese und betritt das Gartenhäuschen. Ein Wimmern ist zu hören, Tobi stößt mit seinem Schienbein an etwas. Noch haben sich seine Augen nicht an die Dunkelheit gewöhnt und er kann die Situation nicht richtig erfassen.

«Was zur Hölle ist hier los?», entfährt es ihm, als er hektisch nach der Lampe tastet.

Der Lichtschein erhellt den Raum und die beiden blicken in Larissa´s Gesicht, direkt vor ihnen auf dem Boden. Aus roten Augen schaut ihnen das Mädchen mit leerem, müden Blick entgegen. Haare kleben ihr im Gesicht. Ihr linker Knöchel steht in unnatürlicher Haltung und es gelingt ihr nicht, aufzustehen.

«Verdammte Scheiße», schimpft Christof und greift wütend nach einem Messer um das Seil, mit welchem Larissa´s Arme noch immer gefesselt sind, zu durchtrennen. Nachdem ihm dies erst mit etwas Mühe gelingt, versetzt er dem Mädchen eine schallende Ohrfeige und reisst das Klebeband mit einem kräftigem Ruck von ihrem Mund. Tobi fängt ihren zur Seite kippenden Körper auf, zieht sie nach oben und setzt sie auf den Tisch. Mit sorgenvoller Miene betrachtet er ihr verängstigtes, schmerzverzerrtes Gesicht.

Christof greift nach der Flasche, welche er bei der Lampe abgestellt hat und kommt zu den beiden. Kurzerhand schubst er seinen Kumpel unsanft beiseite und hält Larissa die Schnapsflasche vor's Gesicht: «Los, trink das!» Zögernd greift diese nach der Flasche, ihr Mund ist ganz ausgetrocknet und sie sehnt sich nach Wasser. Doch nach einem kleinen Schluck dreht sie sich mit Abscheu weg. «Runter damit du Miststück!», meint Christof energisch. Da Larissa dies nur mit einem zaghaften Kopfschütteln quittiert, packt er sie fest im Nacken und zieht sie dicht zu sich heran: «Ich hab keine Lust auf deine blöden Spielchen. Du tust jetzt gefälligst was ich dir sage, sonst kann ich auch ganz anders.»

Christof greift mit der linken Hand die Flasche, mit der rechten fasst er nach dem Mädchen. Er führt die Flasche zu ihren Lippen während er ihre Nase mit zwei Fingern fest zudrückt. Die Flüssigkeit rinnt durch Larissa´s Kehle, ohne dass diese sich dagegen wehren kann.

~

«Darf ich Ihnen einen Rotwein empfehlen?», zeigt sich der Kellner des 'Il Rustico' aufmerksam. Um kurz nach halb sechs ist hier noch nicht viel los, weshalb Paula und Martin vom Personal rundum umsorgt werden. Im Hintergrund ist leise italienische Musik zu hören und nur etwa ein Viertel der Tische sind besetzt.

«War doch eine gute Idee von mir, dass wir den Abend hier beginnen», meint Martin zu seiner Frau, die ihr dezentes Nicken mit einem Lächeln aufwertet.

Die Kerzenflamme auf dem Tisch flackert etwas heftiger, als der Kellner Lasagne für Paula und Saltimbocca alla Romana für Martin serviert.

Bevor sie mit dem Essen beginnen, stoßen die beiden mit einem dunkelrot schimmerndem Wein an. « Auf einen besonderen Abend» , prostet Paula ihrem Mann zu.

~

Mit langsamen, konzentrierten Bewegungen bindet Christof das Seil um Larissa´s Beine. Zuvor hatte er bereits ihre Arme wieder fest verzurrt und das Klebeband auf ihrem Mund erneuert. Für den unwahrscheinlichen Fall, dass das Mädchen in absehbarer Zeit zu sich kommen sollte, soll sie keinen weiteren Ärger machen. Christof´s Kopf ist auch so voller Gedanken.

Tobi war kurz zuvor aus dem Gartenhäuschen gerannt und hatte sich in eines der Beete übergeben. Jetzt steht er draussen vor der Tür und hat ein Auge auf die Umgebung. Vielleicht auch besser so.

Christof überprüft noch einmal die Festigkeit seiner Knoten und steht dann auf. Mit etwas Abstand blickt er auf das Mädchen in der Ecke. Es war fest geplant, dass ihr nichts passiert. Jetzt hat sie eine Beule am Kopf und einen offensichtlich verletzten Knöchel. Er greift nach der Wasserflasche im Regal und beugt sich erneut zu Larissa runter. Er zieht den Ärmel seines Pullovers über die Hand und tränkt diesen mit Wasser. Anschließend wischt er Larissa das getrocknete Blut aus dem Gesicht. Kaum hörbar flüstert er: «Es tut mir Leid.»

Wenige Minuten später tritt auch Christof ins Freie. Tobi wirkt augenscheinlich fit und die beiden stehen für eine Weile schweigend nebeneinander, ehe Christof als erstes spricht. «Die Kleine ist für die nächsten Stunden ruhig. Lass und heim fahren und überlegen wie wir sie dann am besten loswerden. Außerdem muss ich aufs Klo.»

Die beiden trotten missmutig zum Auto. Als Tobi den Opel startet hat Christof seinen Optimismus wieder gefunden. «Hey, wir kriegen das schon irgendwie hin. In zwölf Stunden sitzen wir im Flieger. Und dann Sonne, Strand und Frauen. Endlich ein Leben für uns.»

~

Der begeisterte Applaus hält minutenlang an. «Das war wirklich ganz großes Kino auf der Theaterbühne», meint Martin Langenbrunner zu seiner Frau, als die beiden sich auf den Weg durch das Foyer hin zum Parkplatz machen. «Wir sollten wirklich öfter ins Theater gehen. Ein bisschen Kultur schadet nie und deine Sorge, dass du bei dem Stück einschlafen würdest, war doch gänzlich unbegründet», ist auch Paula begeistert. «Du hast ja Recht,» stimmt Martin ihr zu, « in letzter Zeit waren wir wirklich selten ausgegangen. Da war es gut, dass ich die Theaterkarten besorgt habe.»

Als sie an der Garderobe ihre Mäntel wieder in Empfang genommen haben, greift Paula nach ihrem Smartphone. «Nanu, noch keine Nachricht von Larissa ob sie jetzt bei Marie übernachtet.» Paula drückt auf den grünen Hörer neben dem Bild ihrer Tochter um sie anzurufen. Kein Ton ist zu hören. Wenige Sekunden später erscheint im Display die Anzeige 'Kein Netz'. Leicht verärgert steckt Paula das Handy zurück in ihre Handtasche.

~

'Keine neuen Transaktionen'

Christof weiß schon nicht mehr, wie oft er diesen Satz heute gelesen hat. Von Wut bis Resignation hat dieser bei ihm schon alles ausgelöst. Vor zwölf Stunden war er noch vollkommen davon überzeugt, dass sein Plan aufgehen würde. Sein Plan, an welchem er über ein Jahr intensiv gearbeitet hat. Wieso ist das Geld noch nicht auf dem Konto? Wieso hat dieser Banker nicht sofort überwiesen? Es war nicht einmal eine große Summe. Nur der Flug nach Thailand, etwas Startkapital und ein wenig Taschengeld extra. Strafe muss schließlich sein. Auch wenn Geld nicht alle Wunden heilt. Er ist sich sicher, dass Martin Langenbrunner als Leiter einer Bank über genügend Mittel verfügt. Gerade wenn es um seine Tochter geht, sollte er nicht zögern, sondern überweisen. Doch auch wenn Christof in den letzten Monaten an jedem einzelnen Tag an seinem Plan getüftelt hat, sich sicher war, sich auch um kleine Details gekümmert zu haben, muss er an diesem Samstagabend um kurz nach zehn einsehen, dass es anders gekommen ist, als gedacht.

Tobi hatte seinen Job gut gemacht, keine Frage. Er hatte dafür gesorgt, dass sie an Larissa gekommen sind. Eine Entführung auf dem Schulweg wäre zu umständlich und viel zu riskant geworden. Das Mädchen musste freiwillig kommen. Sich das Vertrauen über das Internet zu erschleichen, war zwar aufwendig, aber Tobi hatte Ausdauer und offensichtlich die richtigen Worte. Dieser Teil vom Plan ging auf.

In diesem Punkt war Tobi nicht so unfähig, wie bei anderen Versuchen, das Leben selbstständig zu meistern. Vor etwas mehr als einem Jahr lernten sich die beiden kennen. Sie waren gemeinsam in einer Gruppe bei der Nachschulung der MPU, der Medizinisch-Psychologischen-Untersuchung.
Während Tobi seinen Führerschein wieder bekam und gelobte, rote Ampeln in Zukunft zu beachten, war Christof gescheitert. Der kleine Flachmann, um die Nervosität zu bekämpfen, fiel ihm im falschen Moment aus der Brusttasche.

Tobi bekam zwar seine Fahrerlaubnis wieder, was jedoch nichts an seinem Schuldenberg änderte. Er war seinen Job los und auch kurz davor, seine Wohnung zu verlieren. Christof lud ihn auf ein Bier ein und erkannte schnell, dass sein Gegenüber jeglichen Halt im Leben verloren hatte und ihm trotzdem, oder gerade deswegen, durchaus gute Dienste leisten könnte. Ein paar Wochen später weihte er ihn schließlich in seinen Plan ein.

Tobi war stolz und glücklich, eine solch wichtige Position zu haben, auch wenn er wusste, dass es falsch war. Im Prinzip ging ihn die ganze Sache nichts an, aber was hatte er zu verlieren. Die Aussicht auf ein neues Leben in der Ferne hatte etwas verlockendes. Nie hatte er in seinem Leben einen so guten Freund wie Christof gehabt. Jemanden, der auf ihn zählt, der ihm vertraut.

Gemeinsam stehen die beiden Männer im kargen Wohnzimmer. Ihre Blicke treffen sich. Tobi fragt: «Und nun?»

~

Der Mond scheint nur in zaghaftem Licht auf die Erde hinab. In den Wolkenlücken sind vereinzelte Sterne am Nachtimmel zu sehen, als Tobi die noch immer bewusstlose Larissa, in eine Decke gewickelt, vom Gartenhäuschen zum Auto trägt. Christof lässt die Tür ins Schloss fallen. Während er abschließt, schließt er für einen Moment die Augen und atmet tief durch. «So eine Scheiße», sagt er, kaum hörbar, zu sich selbst. Er ballt seine rechte Hand zu einer Faust und schlägt auf die Tür ein, bis ihm die Hand schmerzt.

Anschließend macht er sich, kopfschüttelnd und leise fluchend aufgrund seines Wutausbruchs, auf den Weg zum Auto, wo er gemeinsam mit Tobi dafür sorgt, dass Larissa in aufrechter Position auf dem Rücksitz sitzt. Beim Versuch, das Klebeband vom Mund des Mädchens zu reißen, ist noch eine kleine Wunde entstanden. 'Darauf kommt´s jetzt auch nicht mehr an', denkt er sich. Als sie die Autotür zugeschlagen haben, klopft Christof seinem Kumpel auf die Schulter: «Bald haben wir es geschafft und lassen die ganze Scheiße hier hinter uns. Hauptsache die Göre kommt weg, alles andere wird schon klappen.» Schweigend setzt sich Tobi hinters Steuer und startet den Motor.

Der dunkelgrüne Opel fährt langsam über den Kiesweg zurück zur Straße. Immerzu blickt Christof nach hinten zu Larissa, die dort sitzt, als würde sie schlafen.

Kurz nachdem Tobi in die Hauptstaße abgebogen ist, erblicken die beiden außergewöhnlich viele Fahrzeuge und es geht nur stockend voran. Und dann nähert sich Blaulicht. Tobi umklammert fest das Lenkrad, Schweißperlen bilden sich auf seiner Stirn. Auch Christof krallt seine Finger in seinen Oberschenkel. Der Verkehr ist nun völlig zum Stillstand gekommen und vom Rücksitz ist ein leises Seufzen zu hören.

Der Polizist hat sein Motorrad vor der Metzgerei, circa zwanzig Meter vor ihnen, abgestellt und schreitet nun von Fahrzeug zu Fahrzeug direkt auf sie zu. Panisch blickt Tobi in den Rückspiegel, doch hinter ihnen haben sich bereits weitere Autos in die Kolonne eingereiht. Es geht wieder ein kleines Stück voran. Im Schritttempo. Plötzlich taucht der Polizist auf der Beifahrerseite auf. Christof traut sich nicht zu atmen und öffnet das Fenster.

«Guten Abend, wo soll's denn hingehen?», fragt der uniformierte Beamte. «Moosthal» entgegnet

Christof mit leiser Stimme. «Okay, dann haben Sie Glück. Fahren Sie hier über die Gegenfahrbahn und nehmen die Querstraße zur Marienstraße. Mein Kollege steht vorn und leitet den Verkehr. Hier ist ein Unfall, der Ortskern ist gesperrt.»

Christof nickt leicht und schließt das Fenster wieder. Tobi steuert den Wagen wie in Trance auf die Gegenspur. Sein Shirt ist komplett nass geschwitzt. Gerade als sie die Marienstraße erreichen, ertönt ein Husten vom Rücksitz.

«Los, gib Gas, sie wacht auf. Fahr aber lieber hinten über den Feldweg. Nochmal haben wir nicht so ein Glück wie eben», ruft Christof fast hysterisch. Dem folgend und selbst kaum mehr dazu fähig, einen klaren Gedanken zu formen, steuert Tobi den Wagen in Richtung des dunklen Feldweges.

«Hey, was, wo...?», hört man es von hinten. Christof dreht seinen Kopf blitzschnell nach hinten und blickt dort in die zwar offenen, aber ausdruckslosen Augen Larissa´s. «Wir bringen dich nach Hause», spricht er das erste, was ihm in den Sinn kommt, aus. Sie will darauf noch etwas sagen, doch findet keine Worte.

Kurz darauf haben sie Moosthal erreicht. «Fahr nicht direkt vor das Haus. Halte lieber weiter vorne an der Ecke», weist Christof Tobi an. Dann wendet er sich erneut an Larissa, die inzwischen die Augen wieder geschlossen hat und in einem Dämmerzustand vor sich hindöst.

In einer Parklücke in der Eichenstraße bringt Tobi den Opel zum Stehen. Er blickt zu Christof. Dieser atmet zunächst tief durch ehe er nickt. Dann dreht er sich zu Larissa und ruft ihr lauthals entgegen: «Los, aufwachen!» Anschließend greift er im Handschuhfach nach dem Handy und dem Geldbeutel des Mädchens und öffnet schließlich die Tür um auszusteigen.

Erschrocken blickt sich Larissa um. Sie zittert am ganzen Körper. Bevor sie realisiert, wo sie sich befindet, öffnet Tobi auch schon die Tür und beugt sich über sie, um den Sicherheitsgurt zu lösen. Larissa richtet sich auf, inhaliert die kühle, frische Luft und muss sich im hohen Bogen übergeben. Tobi gelingt es gerade noch, rechtzeitig zurück zu weichen, um nichts abzubekommen. Er greift nach dem Arm des Mädchens und zieht sie nach draußen. Christof umfasst sie an der Hüfte und führt sie zum Wartehäuschen an der Bushaltestelle auf der anderen Straßenseite. Dort drückt er ihr ihre Jacke in die Hand und hastet, ohne sich noch einmal umzudrehen zum Auto. Kurz darauf verlässt der dunkelgrüne Opel den Parkplatz.

~

Paula schenkt noch einmal Wein nach und kuschelt sich dann wieder neben ihren Mann aufs Sofa. « Es ist so schön, mal wieder Zeit für uns zu haben, so ganz allein im Haus. Das ist ja fast wie damals in deiner kleinen Wohnung.» Während sie ihm tief in die Augen blickt, streift sie mit ihrer Zungenspitze lasziv über ihre Lippen. « Du meinst, da wo wir noch kein gemeinsames Bett hatten und auf dem Klappsofa geschlafen haben?», erinnert sich auch Martin an längst vergangene Tage. Er greift nach seinem Weinglas, während Paula mit ihrer Hand unter sein T-Shirt wandert und seinen Bauch streichelt. «Dieses Sofa hier ist doch auch sehr bequem», flüstert sie.

Es gelingt Martin gerade noch, sein Weinglas auf dem Fensterbrett hinter ihnen abzustellen, da treffen sich auch schon Paula´s Lippen und die seinen und verschmelzen zu einem innigen Kuss. Auch Martin will seine Hände nicht untätig lassen, er umfasst Paula, zieht sie näher zu sich heran und streichelt sanft über ihren Rücken.

~

«Ist das nicht die Tochter vom Bankdirektor da drüben an der Haltestelle? Wo will die denn noch hin um diese Zeit?», meint die rüstige Rentnerin, die gerade ihren Hund Gassi führt, zu ihrem Mann an ihrer Seite. «Tja, das ist die Jugend von heute», entgegnet dieser mit einem leichten Kopfschütteln. Er bückt sich nach den Hinterlassenschaften ihres Vierbeiners und beachtet das Geschehen auf der anderen Straßenseite nicht weiter. Als er den kleinen, schwarzen Plastikbeutel umständlich verschnürt hat, meint er: «Komm jetzt, ich will nach Hause», was wohl gleichermaßen seiner Frau wie auch dem Hund gilt.

~

Larissa spürt förmlich den Blick der Frau neben dem Baum gegenüber, doch sie kann nicht erkennen, wer da zu ihr herüber schaut. Sie fixiert mit ihren Augen den Baum, lässt den Kopf langsam nach links gleiten. Das Straßenschild zeigt 'Birkenstraße'. Das Mädchen schließt für einen kurzen Moment die Augen ehe sie sich daran macht, aufzustehen. Vorsichtig hält sie sich am Rahmen des Wartehäuschens fest. Schmerz durchfährt ihren Körper, als sie ihren linken Fuß belastet. Mit flachen Händen drückt sie sich gegen die Scheibe und verharrt für einige Sekunden in dieser Position. Dann greift sie mit der linken Hand nach ihrer Jacke und versucht sich am nächsten Schritt. Mit Mühe kommt sie voran und peilt als nächstes die Laterne an. Ohne sich an irgendetwas festzuhalten kann Larissa sich kaum auf den Beinen halten. Alles scheint zu schaukeln und immerzu fährt ihr ein stechender Schmerz durch den Körper, ohne dass sie sich erklären kann, woher dieser kommt. Verzweifelt schließt sie die Augen, in der Hoffnung den Schmerz ausblenden zu können, doch es gelingt ihr nicht. Sie versucht Halt an einer Hauswand zu finden, hat das Gefühl, sich gleich wieder übergeben zu müssen. Larissa will nur noch nach Hause. Doch der Weg scheint so unglaublich weit.

~

Paula kichert, als Martin ihr in den Nacken haucht, während er seine Finger über ihren Hals streifen lässt. Tiefer, bis zum ersten Knopf ihrer Bluse, welcher sich sogleich öffnet. Der zweite Knopf leistet mehr Widerstand, doch kurz darauf umfasst er mit seiner linken Hand Paula's Busen. Sie schlingt ihre Arme um ihn, sucht mit ihren Lippen seinen Mund. Während sie sich küssen öffnet Paula die restlichen Knöpfe und entledigt sich ihrer Bluse. Gerade in dem Moment, als Martin den BH geöffnet hat, werden die beiden durch ein dumpfes Geräusch abgelenkt. «Was war das?», fragt Paula verdutzt. «Ach, das war sicher nur ein Hund oder Halunke», entgegnet ihr Gatte, nicht Willens, sich von seinem eigentlichen Vorhaben abbringen zu lassen.

Doch als es kurz darauf gegen die Haustür poltert, ist auch er hellhörig und macht sich entschlossenen Schrittes auf den Weg zum Eingang.

Mit allerletzter Kraft hat es Larissa bis nach Hause geschafft. Sie fühlt nur noch Schmerzen, ist nicht mehr in der Lage die Klingel zu treffen. Beim Versuch anzuklopfen verschätzt sie sich mit der Entfernung und fällt gegen die Tür. Just in dem Moment, als diese sich gerade öffnet.

~

«Wir haben dir vertraut, haben dich mit deinen Freundinnen ausgehen lassen und das ist jetzt der Dank dafür?», redet sich Martin in Rage, während Paula mit einem feuchten Lappen über das Gesicht ihrer Tochter tupft.

«Fällst hier mitten in der Nacht völlig betrunken ins Haus. Was sollen denn die Nachbarn denken?» Martins Stimme überschlägt sich fast und als der Blick seiner Tochter daraufhin nur irgendwo ins Leere geht, verpasst er ihr eine schallende Ohrfeige.

«Lass gut sein», meint Paula mit leiser Stimme und drückt Larissa fest an sich. Mit zornesrotem Kopf verlässt Martin das Zimmer und ruft noch hinterher: «Wir sind noch lange nicht fertig. Jetzt schlaf erstmal deinen Rausch aus. Da tut man alles für dich und du verhältst dich wie eine billige Schlampe.»

Energisch ruft Paula ihrem Mann nach: «Martin! Es reicht!»

«Sag mir nicht, dass es reicht. Kümmer dich um deine Tochter.»

«Mensch, mein Krümelchen, was machst du denn für Sachen?», murmelt Paula kopfschüttelnd, während sie ihrer Tochter beim Ausziehen hilft. «Du bist doch sonst nicht so unverantwortlich.»

Larissa versucht etwas zu sagen, doch ihr Mund bringt keine zusammenhängenden Worte hervor. Sie liegt auf ihrem Bett und versucht sich an etwas zu erinnern, hat noch immer keine Ahnung, weshalb es ihr so schlecht geht. Ein paar Minuten später ist sie eingeschlafen.

~

02:14 zeigen die grün leuchtenden Ziffern auf dem Radiowecker die Uhrzeit an. Paula hat noch kein Auge zugetan in dieser Nacht. Ungläubig wälzt sie sich auf ihrem Kopfkissen hin und her. Immer wieder steht sie auf um nach Larissa zu schauen. Diese hat sich noch zweimal übergeben müssen, scheint jetzt aber tief zu schlafen. Was den Abend angeht, stammelte sie nur, sie wisse nichts und hätte nichts gemacht. Paula ist zwar bewusst, dass ihre Tochter nun zum Teenager heranwächst, mit allem was dazu gehört. Aber sie hatte nicht erwartet, dass es so schnell gehen würde. Klar hatte auch sie in ihrer Jugend die ein oder andere Dummheit begangen und sich ihren Eltern gegenüber versucht rauszureden. Aber sie knallte nie betrunken und hilflos gegen die Haustür. 'Warum nur blieb Larissa nicht bei Marie?', fragt sich Paula immerzu, sich bewusst, darauf nun keine Antwort zu bekommen. Alleine auf der Straße herum irren, was da hätte passieren können. Paula läuft ein kalter Schauer über den Rücken. Sie beginnt, sich selbst zu hinterfragen. Hat sie vielleicht als Mutter Fehler gemacht? Martin ist ganz Karrieremensch, aber sie wollte ihrem Mädchen immer nah sein. Unruhig steht Paula abermals auf. Leise geht sie in Larissas´s Zimmer und setzt sich vorsichtig auf das Bett ihrer Tochter.

Die Luft riecht noch immer nach Alkohol und Paula laufen Tränen über die Wangen.

Nach einer Weile steht sie schwermütig auf, die Stille im Haus wirkt bedrückend. Sie selbst ist hellwach, voller Adrenalin, fühlt sich jedoch so hilflos, dass es ihr die Kehle zuschnürt. Vorsichtig steigt sie die Treppe nach unten in die Küche. Das helle Neonlicht blendet sie für einen Moment, dann schenkt sich Paula ein Glas Wasser ein. Sie trinkt einen großen Schluck und bemerkt dann die Briefe auf dem Küchentisch. Sie greift, dankbar für eine kurze Ablenkung die sie auf andere Gedanken bringt, nach der Post, während sie sich gegen die Spülmaschine lehnt. Ohne den Inhalt bewusst wahrzunehmen, liest sie den Brief ihres Zahnarztes. Anschließend greift sie zu dem Umschlag ohne Absender.

~

Ein lauter, schriller Schrei hallt durch die Birkenstraße in Moosthal. Im Haus Nummer 42 geht kurz darauf Licht an. Martin Langenbrunner läuft eilig die Treppe hinunter in die Küche, wo er seine Frau zitternd, gegen die Anrichte gelehnt, mit einem Blatt in der Hand vorfindet. Martin blinzelt ein paar Mal, bis sich seine Augen an das Licht gewöhnt haben. Dann legt er einen Arm um seine Frau und greift mit der anderen Hand nach dem Brief.

'Es ist an der Zeit zu bezahlen.

Als Pfand haben wir Ihre Tochter.

Wenn Sie unsere Forderung erfüllen, wird ihr und Ihnen nichts passieren.

Überweisen Sie bis heute Abend auf das Online PayBall-Konto 76100 die Summe von 14.000 €.

Machen Sie sich nicht die Mühe und versuchen herauszufinden wer wir sind. Bezahlen Sie und Sie werden nie wieder etwas von uns hören.

Keine Tricks und keine Polizei!'

Auch Larissa ist vom Krach im Haus aufgewacht und will nach unten gehen. Das Mädchen kann sich jedoch kaum auf den Beinen halten und befindet sich noch auf den Stufen, als ihre Eltern ihr entgegen gestürmt kommen. Gleichzeitig reden die beiden auf sie ein, doch Larissa versteht nicht, worum es geht.

Paula führt ihre Tochter zurück in ihr Zimmer, Martin folgt ihr mit dem Brief in der Hand dicht dahinter. «Vom wem ist der hier? Wo warst du? Hat dir jemand was getan?»

Larissa versucht sich zu erinnern, doch alle Gedanken scheinen weit weg. «Ich glaube, ich war in der Schule», sagt sie schließlich, ohne jedoch zu wissen, weshalb. Ihre Eltern werfen sich einen fragenden Blick zu. Martin zuckt kaum merklich mit den Schultern.

«Los, wir müssen die Polizei rufen», platzt es aus Paula heraus. Martin nickt nur kurz und verlässt das Zimmer.

Die Uhr schlägt genau 3 Uhr als Martin das Telefongespräch beendet. «Sie schicken gleich jemanden vorbei», ruft er in Richtung seiner Frau.

~

Zwanzig Minuten später hält ein Polizeiwagen vor dem Haus. Die Beamten schauen sich zunächst kurz in der schwach beleuchteten Straße um, ehe sie klingeln. «Keine schlechte Wohngegend hier», merkt der jüngere der beiden an. «Bin mal gespannt, was uns hier erwartet.» - «Ja, diese Nachtschicht hat es echt wieder in sich», antwortet sein Kollege, als sich auch schon die Tür öffnet.

«Guten Morgen. Ich bin Hauptkommissar Kevin Kreuzer, das ist mein Kollege, Kommissar Schmidt», stellt sich der Polizist vor. « Sind Sie Herr Langenbrunner, der uns angerufen hat?» Martin nickt nur kurz und bittet die Polizisten hinein. Beim Betreten des Hauses stellen die Beamten unverkennbar Alkoholgeruch fest. Martin Langenbrunner, der ein verwaschenes T-Shirt und eine graue Jogginghose trägt, stellt sich kurz vor und führt die beiden ins Wohnzimmer, wo er ihnen den Brief überreicht. Der aufmerksame Blick von Hauptkommissar Kreuzer fällt direkt auf die zwei leeren Weinflaschen auf dem Tisch, während sein Kollege den Brief liest.

«Wann und wie kamen Sie an dieses Schreiben? Gibt es noch mehr außer diesem Blatt? War ein Umschlag dabei?», erkundigt sich Kommissar Marc Schmidt. - «Nein, äh, doch ja...», entgegnet

Langenbrunner, «...ich hole den Umschlag aus der Küche.» - «Wann haben Sie Ihre Tochter das letzte Mal gesehen?», ruft der Kommissar ihm nach.

«Sie ist oben in ihrem Zimmer», antwortet Martin, ihnen den Umschlag entgegenhaltend.

Die Blicke der beiden Kommissare treffen sich. Für ein paar Sekunden herrscht absolute Stille im Raum. Hauptkommissar Kreuzer ergreift als Erster wieder das Wort: «Was haben Sie getrunken?»

Langenbrunner ist von dieser Frage sichtlich verunsichert und antwortet mit fragendem Gesichtsausdruck: «Was soll denn das heißen? Sehen Sie doch, ich werde erpresst.»

Mit argwöhnischem Blick mustert Kommissar Schmidt den Briefumschlag. «Kein Hinweis, kein Poststempel, nichts. Dann bringen Sie uns doch bitte einmal zu Ihrer entführten Tochter.»

Ohne ein weiteres Wort deutet Martin auf die Treppe nach oben.

Larissa sitzt auf ihrem Bett, noch immer blass und mit roten Augen. Ihre Mutter sitzt neben ihr und streichelt ihr über den Rücken, obwohl sie selbst noch leicht zittert. Auf der Treppe sind Schritte zu hören und kurz darauf steht Martin mit den beiden Polizisten im Zimmer.

Hauptkommissar Kreuzer verzichtet auf eine förmliche Vorstellung als er das Mädchen in ihrem Zustand erblickt und fragt direkt an Larissa gerichtet: «Was ist dir denn passiert?» Er sucht ihren Blick, doch dies ist, genauso wie das Warten auf eine Antwort, vergeblich.

Daraufhin tauscht er einen kurzen Blick mit seinem Kollegen aus und deutet mit dem Kopf zur Tür. Kommissar Schmidt meint daraufhin zu Martin: «Kommen Sie doch bitte noch einmal mit mir nach draußen», während er ihm mit der Hand auf der Schulter den Weg zur Treppe weist.

Kaum haben die beiden das Zimmer verlassen, geht Kreuzer in die Hocke um auf Augenhöhe mit Paula und Larissa zu sein. Aus dieser Position ist die Beule an der Stirn des Mädchens noch deutlicher zu sehen, ebenso wie die unverkennbare Rötung auf ihrer Wange. «Was ist hier los?», fragt er betont ruhig.

Währenddessen sind Kommissar Schmidt und Martin wieder nach unten in die Küche gegangen. «Herr Langenbrunner, wir müssten Ihre Aussage zu Protokoll nehmen. Es wäre gut, wenn Sie uns dazu auf die Wache begleiten würden.» - «Ja, wenn es denn hilft diese Schurken ausfindig zu machen», antwortet Martin mit aufbrausender Stimme.

Ebenso bestimmt entgegnet Kommissar Schmidt: «Wir sind im Sinne der Gerechtigkeit hier. Auch mitten in der Nacht. Gab es in letzter Zeit Streit in der Familie?»

«Was heisst hier Streit? Die Tochter kommt besoffen heim, da ist der Abend natürlich gelaufen. Und dann dieser Erpressungsversuch», regt Martin sich auf. Marc Schmidt notiert etwas in seinem kleinen Notizheft, ehe er wieder aufblickt. «Herr Langenbrunner, sind Sie auf dem Revier mit einer Blutprobe einverstanden?»

Der Blick von Martin verfinstert sich und er wird ungehalten. «Was? Wieso das denn? Was soll denn das, wofür brauchen Sie mein Blut. Sehen Sie nicht was hier vor sich geht? Machen Sie lieber Ihren Job anstatt mich aufrichtigen Bürger derart zu schikanieren.»

Kommissar Schmidt steckt das Notizheft zurück in seine Hemdtasche, räuspert sich und erwidert dann den Blick. «Herr Langenbrunner, haben Sie Ihre Tochter geschlagen?»

~

Sonntagmorgen, kurz vor fünf.

Die Straßen sind leer als Tobi den grünen Opel Vectra durch die dunkle Nacht ins Parkhaus am Flughafen lenkt. Auch hier sind um diese Zeit noch nicht viele Menschen unterwegs. «Bin ich froh, wenn der Flieger endlich abhebt», meint Christof vom Beifahrersitz. «Ob der Idiot noch bezahlt oder nicht ist mir jetzt auch egal. Hauptsache weg von hier. Der Flug ist bezahlt, dafür reichten meine Ersparnisse. Irgendwie werden wir uns in Thailand dann schon durchschlagen.»

«Ich hoffe, dem Mädel ist nichts passiert, nachdem wir sie in dem Zustand allein gelassen haben», spricht Tobi mit gedämpfter Stimme, als er den Motor abgestellt hat. Wutentbrannt dreht sich Christof zu ihm um und holt sogleich aus. Ein fester Schlag mit der flachen Hand landet in Tobi´s Gesicht. «Bist du denn völlig bescheuert?», brüllt Christof ihn mit weit aufgerissenen Augen an. «Was zur Hölle interessiert mich die blöde Göre? Ich will nicht im Knast landen.»

~

Sonntagmorgen, kurz vor fünf.

Martin Langenbrunner sitzt in einer Arrestzelle auf dem Polizeirevier. Nachdem er seinen Unmut über das Vorgehen der Polizeibeamten auch auf der Fahrt lautstark kundgetan hat, wurde er von Hauptkommissar Kreuzer hier hinein geleitet. Die Bilder des vergangenen Abends gehen ihm durch den Kopf. Es war so schön, mit seiner Frau im Theater. Ganz entspannt, harmonisch und glücklich. Zunächst hatte er sie schön ausgeführt und der Abend wäre noch sehr prickelnd zu Ende gegangen. Doch dann kam alles anders. Er lehnt mit dem Rücken an der Wand und sackt verzweifelt in sich zusammen. Nie hätte er sich vorstellen können, Sonntagmorgens auf der Polizeiwache eingesperrt zu sein. Selbst in jungen Jahren war er weit von solchen Erfahrungen entfernt. Was sollen die Kunden bloß von ihm denken, wenn das hier an die Öffentlichkeit gerät. Panik steigt in ihm auf. Martin holt tief Luft. Er hört schon fast das Getuschel unter den Kunden. Und seinen Kollegen. Schweißperlen treten auf seine Stirn. Ein weiterer tiefer Atemzug. Dann der Griff an die Brust. Ihm wird ganz schwarz vor Augen.

~

«Auch wenn bis jetzt nicht alles so gelaufen ist, wie ich es geplant habe, das Wichtigste ist, wir sind hier und in weniger als zwei Stunden hebt das Flugzeug ab», meint Christof, nachdem er sich wieder beruhigt hat. Die beiden laden ihr Gepäck aus dem Auto und verlassen das Parkhaus in Richtung Flughafenhalle.

~

«Das ist ein anonymes Online-Konto. Das hätte jeder anlegen können. Wenn es der Vater nicht war, hat vielleicht sogar die Tochter selbst eine absurde Geschichte zusammen gesponnen. Als Rache wegen dem Hausarrest oder so. Kommt doch immer mal wieder vor, dass Teenager geistige Aussetzer haben. Was hältst du von der Mutter?», blickt Hauptkommissar Kreuzer seinen Kollegen Schmidt an. - «Ich weiss nicht so recht», antwortet dieser mit müden Augen. «Sie wirkte irgendwie angespannt. Könnte auch der Schock gewesen sein. Sie meinte vorhin die ganze Zeit nur, wir sollten mit den Freundinnen des Mädchens sprechen.» Kevin Kreuzer nickt kaum merkbar. «Stimmt. Das machen wir ja auch. Morgen. Ich werde keine Teenager samt ihren Eltern mitten in der Nacht aus dem Bett klingeln, wegen einer Entführung , bei der das angebliche Opfer in seinem eigenen Zimmer liegt und schläft.»

~

Tobi wirft Christof ein müdes, aber erleichtertes Lächeln zu. Die beiden sitzen im Wartebereich und betrachten den langsam beginnenden Trubel um sich herum. «In ein paar Minuten geht es los zum Check-In. Wir sollten vielleicht nochmal am Boden pinkeln gehen», sagt Christof mit gedämpfter Stimme. Tobi nickt und die beiden folgen den Schildern, die den Weg zum WC-Bereich weisen. Die Tür öffnet sich automatisch und noch riecht alles nach Putzmittel. Tobi geht in die hinterste der drei Kabinen, Christof lässt eine Kabine frei und schließt die Tür der ersten. Er zieht einen Reißverschluss auf und holt vorsichtig eine kleine, braune Flasche aus seiner Jackentasche. Eilig rollt er mehrere Blätter Toilettenpapier von der Rolle. Behutsam hält er die Flasche in den Fingern und tropft deren Inhalt großzügig aufs Papier. Er wirft die unbeschriftete Flasche in die Toilettenschüssel und hört, dass sich die andere Türe öffnet. Dann drückt er auf die Spülung und tritt aus der Kabine hervor, direkt vor Tobi und grinst. Christof hebt seine rechte Hand und klopft ihm auf die Schulter. Dann packt er ihn, drückt ihn gegen die Wand und hält ihm das getränkte Papier in seiner linken Hand dicht vor die Nase. Tobi blickt ihn irritiert und fassungslos an. Noch bevor er realisieren kann, was passiert, versagen ihm die Beine. Christof schiebt Tobi zurück in die Toilettenkabine, entledigt sich des feuchten Bündels in seiner Hand und setzt ihn auf die Schüssel. «Danke für deine Hilfe», flüstert Christof, bevor er die Tür hinter sich schließt. Er nimmt beide Koffer und geht zum Waschbecken.

Gründlich lässt er Wasser und Seife über seine Hände gleiten. Auch in Gesicht und Nacken kühlt er sich ab. Dann macht sich Christof erleichtert und zufrieden auf den Weg zurück zum Check-In.

~

Die Tür zum Büro geht mit einem solchen Ruck auf, dass die Kommissare Kreuzer und Schmidt zusammenzucken, als ihr Kollege Steinegger, mit einem Blatt Papier wedelnd, vor ihnen steht. «Wir haben zwar keinen Namen zu dem PayBall-Konto in dem Brief, aber wir haben eine IP-Adresse, von welcher sich die letzten Male dort eingeloggt wurde», verkündet Steinegger mit stolzer Stimme. «Der Anschluss befindet sich in Leuchtheim, in der Goethestraße 36.»

Schlagartig ist auch Kommissar Marc Schmidt wieder hellwach. «Auf wen läuft dieser Anschluss?», erkundigt er sich beim Kollegen. «Auf einen Christof Lubovic, 34 Jahre, bisher wegen Verkehrsdelikten und kleinerer Diebstähle bei uns bekannt», erläutert Steinegger.

Widerwillig erhebt sich Hauptkommissar Kevin Kreuzer von seinem Stuhl. «Vielleicht steckt da doch mehr dahinter», murmelt er vor sich hin.

Schweren Schrittes macht er sich auf den Weg zu den Arrestzellen. Es wäre ihm nicht unrecht gewesen, Langenbrunner noch eine Weile hier warten zu lassen und ihn später in die Mangel zu nehmen. Zu oft landen hier überhebliche Machos, die man aus der Wohnung holt und deren verängstigte Ehefrau sich dann nicht traut, eine Aussage zu machen. Erstaunlich oft handelt es sich dabei um Männer in Führungspositionen, die ihre Macht auch im häuslichen Bereich demonstrieren wollen. Noch gibt es zu viele offene Fragen in diesem Fall, um Langenbrunner etwas nachweisen zu können. Doch Kreuzer ist der Meinung, allein für sein respektloses Verhalten ihm gegenüber, gehört Langenbrunner eine Lektion erteilt. Da seit seiner Scheidung vor zwei Jahren daheim niemand auf ihn wartet, hat er auch kein Problem damit, die Nachtschicht noch um eine Stunde zu verlängern.

~

«Flug 562 nach Thailand ist nun zum Einsteigen bereit. Passagiere begeben sich bitte zu Gate 2», tönt es aus den Lautsprechern. Betont lässig reiht sich Christof in die Warteschlange am Schalter, lässt seinen Blick schweifen und beobachtet die Menschen, mit denen er die nächsten Stunden verbringen wird. Die letzten Stunden in seinem alten Leben. Nachdem er vorhin problemlos durch die Sicherheitskontrolle kam, kann er es nun kaum erwarten, im Flugzeug zu sitzen. Er blickt zu den Monitoren die die Abflugzeiten anzeigen. Ein zufriedenes Lächeln huscht über sein Gesicht.

~

Martin Langenbrunner ist kaum mehr bei Bewusstsein als der Rettungsdienst auf der Polizeiwache eintrifft. Nach der medizinischen Erstversorgung des Patienten wendet sich der Sanitäter mit einer ersten medizinischen Einschätzung an die anwesenden Kommissare. «Das Schlimmste scheint er hinter sich zu haben. Wahrscheinlich ein Schwächeanfall, vielleicht war es auch ein leichter Herzinfarkt. Wir beobachten ihn und checken ihn mal durch. Für die nächsten Tage tauscht er eure karge Pritsche in der Zelle gegen ein Klinikbett.» Hauptkommissar Kreuzer fragt mit betont ruhiger Stimme: «Wann können wir ihn denn befragen? Es ist sehr wichtig.»

Der Sanitäter verharrt kurz in seiner Bewegung und entgegnet mit fragendem Blick: «Wenn er für eine so wichtige Befragung hier ist, weshalb sitzt er dann in einer Arrestzelle?»

Kevin Kreuzer sucht mit seinem Blick seinen Kollegen Schmidt, doch dieser weicht ihm geflissentlich aus.

~

Um kurz nach sechs fahren zwei Streifenwagen in der Goethestraße in Leuchtheim vor. Hinter der Tür von Hausnummer 36 verbirgt sich ein tristes, in die Jahre gekommenes Mehrfamilienhaus. Eines von vielen in dieser Gegend. Polizeikommissarin Mia Leipold und ihr Kollege Simon Franke, die mit diesem Einsatz ihre Schicht beginnen, werden noch von den Kollegen Kreuzer und Schmidt begleitet, als sie auf den Klingelknopf neben dem Namen Lubovic drücken. Nichts geschieht. Hauptkommissar Kreuzer ballt unruhig eine Hand zur Faust und schlägt gegen die Haustür. «Sachte Kollege» , meint Leipold zu ihm, «die Tür aufbrechen geht nur bei Gefahr im Verzug und das Mädchen ist doch daheim. Wieso war ihr Vater vorhin eigentlich bei uns in der Zelle bei einer vermeintlichen Entführung?» - «Erzählen Sie mir nicht, wie ich meinen Job zu machen habe», blafft Kreuzer zurück.

Durch den Lärm aufgeweckt erscheint in der Erdgeschosswohnung ein älterer Herr am Fenster. Als er die vier Polizisten vor dem Haus stehen sieht öffnet er neugierig das Fenster und ruft nach draußen: «Was gibt's denn?»

Kommissar Schmidt macht einen Schritt auf das Fenster zu, stellt sich vor und fragt den Mann, ob er seinen Nachbarn Lubovic denn näher kenne. «Ach Gott, nee. Der junge Kerl. Von dem weiß ich nix. Ist immer ruhig, der fällt nicht auf. Anders als die Griechen da oben links, bei denen ist ja immer ein Theater, das können Sie sich nicht vorstellen.» Schmidt nickt zunächst leicht, schüttelt dann den Kopf. Der Alte redet weiter, ohne sich um eine Reaktion zu kümmern. Als er merkt, dass der Polizist wieder einen Schritt zurück macht, beendet er seine Aufzählung über die Verfehlungen der Nachbarschaft abrupt und will die Aufmerksamkeit des Kommissars zurückgewinnen. «Ja, aber was wollen Sie denn von dem Kerle? Kann sein, dass Sie da länger warten müssen. Der ist gestern wohl in Urlaub gefahren. Hat ziemlich viel Gepäck ins Auto geladen.»

Kaum waren die Worte ausgesprochen, prescht Hauptkommissar Kreuzer vor: «Wie war das? Der ist weg? Lassen Sie uns ins Haus. Machen Sie die Tür auf!» Und an seine Kollegin Leipold gerichtet: « Das nenne ich Tatortarbeit. Ich hab doch gleich gewusst, dass hier was nicht stimmt.» Bevor diese etwas entgegnen kann, surrt auch schon der Türöffner.

Kurz darauf finden sich die vier Beamten erneut vor einer verschlossenen Tür wieder.

«Was machen wir hier eigentlich?», fragt Simon Franke mit gedämpfter Stimme. «Nur weil jemand in Urlaub fährt, begeht er ja noch keine Straftat. Und vielleicht hat jemand wahllos diese PayBall-Kontonummer angegeben. Vielleicht war das Mädchen feiern und wollte seinen Eltern bloß einen Schreck...» Noch bevor Kommissar Franke seine Bedenken vollständig geäußert hat, versetzt Hauptkommissar Kreuzer der Tür einen beherzten und gezielten Tritt und hebt sie so aus den Angeln. «Das wird Ärger geben», murmelt Franke, während er als Letzter die Wohnung betritt.

Es dauert nur wenige Minuten bis die Beamten die nur mit dem Nötigsten eingerichtete Wohnung in Augenschein genommen haben. «Es deutet nichts darauf hin, dass hier jemand festgehalten wird oder wurde», spricht Kommissar Marc Schmidt das Offensichtliche aus. «Wie denn auch, das Opfer liegt ja zu Hause im Bett», fügt Franke hinzu.

«Nun mal nicht so voreilig, Kollegen», erhebt Kevin Kreuzer die Stimme. «Wir haben hier immer noch den Computer, von dem auf das PayBall-

Konto zugegriffen wurde.» - «Falls dies eine Straftat darstellt, verhaften Sie mich bitte auch. Ich nutze auch gelegentlich PayBall», wirft Franke ein. Während sich die Augen des Hauptkommissars weiten und er augenscheinlich wütend wird nach dieser Äußerung seines jungen Kollegen, hat Kommissarin Leipold den Computer gestartet und wirft einen Blick auf die vorhandenen Dateien.

«Der Computer passt zur Wohnung. Viel ist da nicht drauf», teilt sie schließlich mit. «Vielleicht finden unsere Experten noch verborgene Dateien. Wäre ja wahrlich nicht das erste Mal. Oder aber das ist der Computer eines unbescholtenen Bürgers mit einer Vorliebe für Asien. Außer Landkarten und Reiseberichten gibt es hier nur die üblichen Standardprogramme.»

«Wir kommen hier nicht weiter», meint Hauptkommissar Kreuzer trocken und begibt sich in Richtung Tür. «Sie beide bleiben hier und passen auf, dass niemand reinkommt», erteilt er noch eine Dienstanweisung, «...und wir beide, Marc, fahren ins Krankenhaus.»

~

Als Larissa aufwacht hat sie noch immer starke Kopfschmerzen, fühlt sich aber schon besser. Vorsichtig steht sie auf und geht ins Badezimmer. Beim Anblick ihres Spiegelbildes erschreckt sie. Sie füllt ihren Zahnputzbecher mit kaltem Wasser und trinkt ihn sogleich aus. Anschließend wäscht sie sich vorsichtig das Gesicht. Währenddessen erscheint Paula in der Tür. «Wie fühlst du dich, Krümelchen?», fragt sie. «Schon besser, Mama. Was ist passiert?»

Paula geht auf ihre Tochter zu und legt ihr einen Arm um die Schultern. «Das können wir dir nicht sagen, mein Schatz. Wo warst du gestern? Feiern auf einer Party? Hat Marie dich dazu überredet?» - «Wozu überredet? Wieso kann ich mich an nichts erinnern?» Larissa wischt sich eine Träne von der Wange. Die folgenden lässt sie ungehindert laufen. Die Umarmung ihrer Mutter wird fester und Paula meint: «Du kamst gestern Abend betrunken nach Hause. Krümelchen, wir sind dir nicht böse. Wir waren auch mal jung und sauer auf unsere Eltern. Aber sag uns bitte jetzt die Wahrheit. Hast du den Brief geschrieben?»

Larissa sieht mit fragendem Blick zu ihr auf. «Von welchem Brief redest du?» - «Dein Vater ist gerade bei der Polizei um das alles zu regeln. Er hat ihn

120

mitgenommen. Da heißt es, wir sollen Geld überweisen und sie würden dich als Geisel nehmen. Aber Einbruchsspuren waren keine an der Haustür. Du kannst mir vertrauen, Krümelchen. Erzähl was passiert ist», spricht Paula mit leiser Stimme. Stille. Larissa blickt starr geradeaus, an ihrer Mutter vorbei. Schließlich meint Paula: «Oder soll ich Marie fragen?»

~

«Herr Langenbrunner, wissen Sie wo Sie hier sind?», fragt der an diesem Morgen diensthabende Arzt, Dr. Behrend, seinen neuen Patienten. Da dieser nicht reagiert, redet er weiter. «Sie sind im Krankenhaus, wir haben ihnen etwas zur Beruhigung gegeben. Können Sie mich verstehen?» Als wieder keine Reaktion erfolgt schüttelt der Doktor nur den Kopf und blickt zur ihn begleitenden Krankenschwester. «Irgendwelche auffälligen Werte, Schwester Johanna?» - «Nein, nicht wirklich, alles im Rahmen», antwortet diese.

«Dann lassen wir ihn in Ruhe aufwachen. Mit dem Herzen ist nichts, es war nur ein Schwächeanfall. Wenn der Körper nicht mehr mitmacht, gehen die Lichter aus», meint der Arzt, während er sich zur Tür begibt. «Jedes Wochenende landen hier Typen, die mehr trinken als sie vertragen. Auch wenn der eigentlich doch zu alt für sowas ist», sagt er, ohne eine Reaktion von Schwester Johanna zu erwarten, während er nach draußen auf den Krankenhausflur tritt.

In diesem Moment erreichen die Kommissare Kreuzer und Schmidt das Kreiskrankenhaus. «Wenn das ein anonymer Erpressungsversuch war, vielleicht von einem ehemaligen Bankkunden, weil ihm kein Kredit gewährt wurde oder so, wird er sich sicher noch an den Namen erinnern. Wenn er ihn kennt, geht die Fahndung raus oder er läuft unseren Kollegen direkt in die Arme. Dann ist der Fall so gut wie gelöst», sprüht Kevin Kreuzer nur so vor Tatendrang.

Etwa eine halbe Stunde später stehen die beiden Kommissare, begleitet von Schwester Johanna, am Krankenbett von Martin Langenbrunner. Dieser ist inzwischen wach und ansprechbar, dennoch bittet die Krankenschwester darum, die Befragung so kurz wie möglich zu halten.
«Lass mich das mal machen», fordert Kommissar Schmidt seinen Kollegen zur Zurückhaltung auf.

«Herr Langenbrunner, Sie können sich an uns erinnern?!» Martin nickt schwach, jedoch den Blick, mit einem Anflug von Wut, auf die Polizisten gerichtet. «Herr Langenbrunner, wir haben den möglichen Absender des Briefes ausfindig gemacht.»

Schwester Johanna blickt interessiert auf das Geschehen. Der Verlauf unterscheidet sich doch deutlich von den sonstigen Wochenend-Opfern.

Kommissar Schmidt räuspert sich kurz und fragt dann: «Kennen Sie einen Christof Lubovic?»

Martin Langenbrunner schließt für einen Moment die Augen bevor er antwortet. «Nein, nie gehört.»

Resigniert senkt Marc Schmidt den Kopf und sein Kollege wirft ein: «Wann haben Sie den Brief das erste Mal gesehen?» - «Heute Nacht, nachdem ich durch den Schrei meiner Frau wach wurde.»

Die Miene von Hauptkommissar Kreuzer verfinstert sich. «Also zu einem Zeitpunkt, an dem Ihre angeblich entführte Tochter in ihrem Bett lag!?»

~

Larissa's Finger zittern, als sie ihren Laptop einschaltet. Sie kann sich noch immer an nichts erinnern, was gestern passiert ist. Sie weiß nur, dass sie mit Tobi geschrieben hat. Aber war das gestern?

Sie meldet sich in der Facecom-Community an und sucht nach Tobi's Profilbild in ihrer Kontaktliste. Die hell aufflackernden Bilder vom Monitor bohren sich mit einem stechenden Schmerz in ihren Kopf. Sie klickt weiter auf *'letzter Kontakt'* und blickt auf Marie's Profilbild. Mit versteinerter Miene schaut Larissa auf den Bildschirm. Nun klickt sie auf ihr eigenes Profilbild und sieht sich die hierzu abgegebenen Kommentare an. Und tatsächlich da steht noch der Satz, den sie sich unzählige Male angesehen hat. *'Muss ein schöner Ort sein'*, steht da unter ihrem Bild, welches im Frühling aus Spaß entstanden ist, als sie mit ihren Freundinnen im Ort unterwegs war. Es gibt noch einige Bilder von diesem Tag, aber nur dieses hat Larissa als Profilbild bei Facecom hochgeladen. Tobi hatte es damals mit einem Kommentar versehen. Ganz am Anfang, als sie angefangen haben miteinander zu schreiben. Und Larissa fühlte gleich, dass das Kompliment wohl eher ihr galt als dem Ort. Noch nie hatte ihr ein Junge ein

Kompliment gemacht. Am liebsten würde sie jetzt mit Tobi chatten und die wirren Gedanken in ihrem Kopf einfach loswerden. Gedankenverloren schaut sie auf den Bildschirm.

'Muss ein schöner Ort sein'
von ´ehemaliger User´

Eine Träne bahnt sich den Weg über ihre Wange. «Aber wieso denn ehemaliger?», kommt es Larissa kaum hörbar über die Lippen.

«Ich will jetzt auf der Stelle hören, wer dieser Tobi ist. Und zwar die ganze Geschichte», meint Paula zu ihrer Tochter, während sie nach dem Laptop greift und sich Larissa´s Facecom-Seite anschaut. Sie weiß gar nicht so recht, was sie sucht, klickt nur umher. Einige der Mädchen auf den Fotos erkennt sie als Larissa´s Freundinnen aus der Schule, andere sieht sie zum ersten Mal. Schließlich wendet sie den Blick vom Laptop wieder hin zu ihrer Tochter. «Also, raus mit der Sprache. Wer ist Tobi?»

~

Eilig führt Mirko Scheffler vom Sicherheitsdienst des Flughafens die Sanitäter zu den Toiletten. Kurz zuvor hatte ein aufmerksamer Passagier dort eine Person in hilfloser Lage gefunden. Scheffler, der seit vier Jahren am Flughafen arbeitet und schon so manches gesehen hat, schaute schließlich hinter die nicht verschlossene Kabinentür und fand den jungen Mann, der vollständig bekleidet, versuchte von der Toilettenschüssel aufzustehen. Zunächst dachte er, es handele sich um einen Wohnsitzlosen, der sich hier vorübergehend niedergelassen hat, doch optisch wollte dieser Eindruck nicht passen. Scheffler half ihm auf die Beine, eine Unterhaltung war jedoch nicht möglich. Und obwohl der junge Mann keine erkennbaren Verletzungen hat, alarmierte der Sicherheitsbeamte umgehend den Rettungsdienst.

Als die Sanitäter ankommen, wirkt Tobi schon wieder etwas klarer. Dennoch kann er die Frage des Rettungsassistenten, was denn passiert sei, nicht beantworten. Er zuckt mit den Schultern, jede Bewegung wirkt wie in Zeitlupe. «Ich wollte nur pinkeln, ich muss doch meinen Flug bekommen.» - «Waren Sie bewusstlos? Leiden Sie unter Flugangst?», hakt der Sanitäter nach, während er seinen Blutdruck misst. Tobi schüttelt nur den Kopf.

Dabei wird es ihm schwindelig und er muss sich an der Wand abstützen. Die Miene des Ersthelfers wird ernster und er fragt: «Welchen Flug wollen Sie denn nehmen? Wo ist Ihr Ticket?» Tobi tastet in seinen Taschen, er weiß selbst nicht genau, was er gerade macht. Mit leiser Stimme sagt er schließlich: «Ich habe ja gar kein Ticket.» Daraufhin wirft der Sanitäter seiner Kollegin einen genervten Blick zu. «Wir müssen ihn mitnehmen, oder?», entgegnet diese. Mirko Scheffler vom Sicherheitsdienst blickt fast entschuldigend zu ihr. «Ich kann euch auch nicht mehr sagen. Er saß da drinnen, vielleicht sind irgendwelche Drogen im Spiel. Eine Kanüle oder dergleichen hab ich zumindest keine gefunden und auch sonst wirkt er nicht wie ein Junkie, aber man kann halt nicht immer hinter die Fassade blicken. Vielleicht irgend eine neue Modedroge. Wenn er was eingeworfen hat, erklärt das seinen Zustand. Aber mehr halt leider auch nicht. Ich gehe jedenfalls nicht davon aus, dass er ohne Ticket und Gepäck irgendwohin fliegt.»

~

Nachdem sie die ramponierte Wohnungstür in der Goethestraße wieder notdürftig verschlossen haben, sind die Kommissare Mia Leipold und Simon Franke wieder ins Präsidium zurückgekehrt. Sie sind gerade dabei ihren Bericht zu schreiben, als ein Kollege Besuch ankündigt. «Da draußen steht Frau Langenbrunner mit ihrer Tochter. Sie fragt nach ihrem Mann», gibt Wachtmeister Erdmann bekannt. Simon Franke nickt kurz, woraufhin Erdmann die Tür wieder schließt.

«Na prima, Kreuzer spielt sich wieder auf und wir müssen es ausbügeln», meint Franke anschließend zu seiner Kollegin.

~

Die Fahrt ins Kreiskrankenhaus dauert etwas mehr als eine Viertelstunde. Da die Straßen leer sind kommt der Krankenwagen auch ohne Martinshorn und Blaulicht problemlos voran. Im Inneren behält der Rettungssanitäter die Werte des Patienten im Blick. Soweit wirkt er stabil. Keine Werte lassen auf eine medizinische Notsituation schließen. Anhand seines Personalausweises konnte ihr Fahrgast als Tobias Bachler identifiziert werden. Tobi selbst schien mit Blick auf das Dokument irgendwie froh. So als brauchte er die Bestätigung, nachdem er kurz zuvor schon nach seinem Namen gefragt wurde.

~

«Guten Morgen Frau Langenbrunner,» begrüßt Kommissar Franke die nervös wartende Frau auf dem Flur und bittet sie und ihre Tochter hinein. «Es gibt Neuigkeiten, die wir Ihnen mitteilen müssen.» Zu seiner Überraschung fällt Paula´s Reaktion jedoch ganz anders aus, als er es erwartet hat.

«Ja, ich weiß», antwortet Paula sichtlich aufgeregt. «Wir wissen jetzt endlich wer dahinter steckt. Meine Tochter hat es mir erzählt.»

Mit ausgestrecktem Arm weist Franke den beiden den Weg zu den Stühlen. Während er die Tür bedächtig langsam schließt um noch etwas Zeit zu gewinnen, denkt er sich, dass die Kollegen wohl doch Recht hatten und die Tochter in die Sache verstrickt ist. Im Unterbewusstsein ärgert ihn diese Tatsache. Dann wird er auch schon aus seinen Gedanken gerissen.

«Wo ist mein Mann?»

«Ihr Mann hatte einen kleinen Schwächeanfall und ist zur Sicherheit in die Klinik gebracht worden», ergreift Mia Leipold das Wort. «Machen Sie sich bitte keine Sorgen, dies ist eine reine Vorsichtsmaßnahme», sagt sie in besänftigendem Ton, wohl wissend, dass sie nicht die ganze Geschichte erzählt.

«Was führt Sie zu uns?», führt Kommissar Franke das Gespräch in eine andere Richtung, nachdem er sich zu den anderen gesetzt hat.

Während Larissa den Blick stumm nach unten hält und ihre Knie fixiert beginnt Paula zu erzählen.

«Ich weiss jetzt, dass ein Junge hinter dem Ganzen steckt. Larissa hat seit einer Weile mit einem Tobi geschrieben und die beiden wollten sich wohl gestern treffen.»

Kommissarin Mia Leipold blickt zu dem Mädchen. «Ist das wahr?» Larissa zuckt nur mit den Schultern ohne aufzublicken.

«Sie wollten sich heimlich treffen», erzählt Paula mit brüchig werdender Stimme weiter. «Und wir dachten, sie geht mit ihren Freundinnen ins Kino. Nicht auszudenken, was wirklich vor sich ging gestern. Ich kann es immer noch nicht glauben.»

«Larissa, es ist wichtig, dass du uns alles erzählst was passiert ist. Dich trifft keine Schuld. Aber wenn dir dieser Tobi etwas angetan hat,darf er nicht einfach so davon kommen», redet Leipold auf das Mädchen ein.

Erstmals wendet Larissa ihre Augen von ihren Knien und blickt die Polizistin an: «Wir wollten uns an der Schule treffen, Tobi war immer so lieb zu mir. Er hat mich verstanden.» - «Und was ist dann passiert?» Tränen laufen über ihre Wange und Larissa schluchzt: «Er ist dann irgendwo anders hin gefahren, dabei wollten wir doch ins 'Tamara´s' in der Stadt.»

Behutsam hakt Mia Leipold nach: «Wo ist er mit dir hin gefahren? Was hat Tobi mit dir gemacht?»

Larissa´s Antwort ist nur ein Schulterzucken.

«Haben Sie sonst irgendwelche Daten von diesem Tobi? Nachname oder ein Foto?», beteiligt sich auch Kommissar Franke am Gespräch. Doch ihm schlägt nur doppeltes Kopfschütteln entgegen.

«Larissa, du solltest jetzt erstmal von einem Arzt untersucht werden. Um sicher zu gehen, dass dir nichts Schlimmeres passiert ist. Wir würden dich deshalb ins Krankenhaus fahren», erklärt Mia

Leipold. «Wenn dir dann noch mehr einfällt, kannst du jederzeit zu uns kommen und mit uns reden. Jetzt ist aber deine Gesundheit das Wichtigste.»

Das Mädchen versucht erst gar nicht, dagegen zu protestieren, sondern folgt, von ihrer Mutter gestützt, der Polizistin nach draußen.

~

In der Notaufnahme des Kreiskrankenhauses herrscht an diesem Sonntagmorgen schon reger Betrieb. Ein älterer Herr kommt nun schon zum dritten Mal in diesem Monat und klagt über Symptome, welche sich medizinisch jedoch in keinster Weise nachvollziehen lassen. Die diensthabende Ärztin, Dr. Lea Ahorn, ist sich sicher, dass der Mann einfach nur unter Einsamkeit leidet, muss ihn aber trotzdem untersuchen, auch wenn sie überzeugt ist, ihm hier nicht helfen zu können. Im Zimmer nebenan sitzt ein junger Mann, der augenscheinlich auch keine Erkrankung aufweist. Dieser wurde vor einer Viertelstunde in an sich gutem Allgemeinzustand von Sanitätern eingeliefert. Auch jetzt zeigen die Maschinen nichts auffälliges.

Und in diesem Moment fährt vor dem Eingang ein Streifenwagen vor.

Kommissarin Mia Leipold schildert einer Pflegerin in der Notaufnahme die Sachlage und wendet sich anschließend an Paula und Larissa. «Nehmen Sie beide hier bitte noch kurz Platz. Die Ärztin kümmert sich gleich um Larissa. Hoffen wir, dass nichts ernstes geschehen ist. Später melden wir uns dann noch einmal bei Ihnen. Wir müssen das nicht auf der Wache machen, können auch bei Ihnen zu Hause reden. Vielleicht ist eine gewohnte Umgebung angenehmer für die Kleine. Und wir müssten dann auch ihren Laptop mitnehmen um mögliche Daten zu finden. Vielleicht ist irgendwo ein Anhaltspunkt, der uns zu diesem Tobi führt», erklärt Leipold Paula das weitere Vorgehen. Diese nickt nur schwach. « Ja, in Ordnung. Hauptsache dieser Mistkerl muss dafür büßen, was er meinem Krümelchen angetan hat.»

«Wir werden alles geben, die Situation so schnell wie möglich aufzuklären. Die Pflegerin hat oben auf Station Bescheid gegeben, Ihr Mann kann gleich runter kommen, so dass Sie nicht alleine warten müssen. Er muss auch nicht länger hier bleiben», zeigt die Polizistin sich mitfühlend.

~

Kurz nachdem Larissa von Dr. Ahorn in den Behandlungsraum gerufen wurde, öffnet sich die Fahrstuhltür und Martin kommt auf Paula zu, die alleine im Wartebereich sitzt. Sie kommt ihm ein paar Schritte entgegen und schließt ihre Arme um seinen Oberkörper. «Was ist denn mit dir passiert? War alles ein Bisschen viel heute, aber wir müssen jetzt stark sein.»

Martin ist trotz der Beruhigungsmittel noch immer sauer auf die Polizisten. «Die haben mich wie einen Straftäter behandelt. Das geht doch nicht.» Es fällt Paula schwer, der ganzen Schilderung zu folgen, zu viele Gedanken gehen ihr durch den Kopf und schließlich erzählt sie ihrem Mann von Tobi und dass Larissa sich gestern heimlich mit ihm getroffen hat.

Martin´s Blick verfinstert sich noch weiter und er schlägt wütend auf die Rückenlehne eines Stuhls. «Verdammt. Hätten wir doch nur ihren Hausarrest nicht gelockert.» Fassungslos schüttelt Paula den Kopf.

~

«Guten Tag, möchte der Herr etwas zu trinken, einen Tomatensaft vielleicht?», fragt die freundlich lächelnde Flugbegleiterin. «Für mich darf es gerne etwas Stärkeres sein. Mit einem guten Schuss», entgegnet Christof mit einem Grinsen.

~

Die Tür zur Notaufnahme öffnet sich mit einem Ruck und Dr. Lea Ahorn ruft nach draußen: «Frau Langenbrunner, kommen Sie bitte».

Paula richtet sich auf und kommt ihr entgegen. Nach zwei Schritten blickt sie sich zu Martin um und meint zur Ärztin: «Das ist mein Mann.» Dr. Ahorn nickt ihm kurz zu und wendet sich dann wieder an Paula. «Die Untersuchungsergebnisse sind soweit alle in Ordnung. Es gibt keinen Hinweis darauf, dass es einen sexuellen Übergriff gab. Die Beule am Kopf kommt von einem stumpfen Schlag, wohl von einem Sturz, bei welchem sie sich auch den Knöchel verstaucht hat. Anderweitige Verletzungen konnte ich keine feststellen. Ich könnte mir vorstellen, dass ihr wohl eine Substanz verabreicht wurde, das passiert bei Partys leider immer häufiger. Solche K.o.-Tropfen beeinflussen das Erinnerungsvermögen zusätzlich zum Alkohol. Leider sind diese Präparate aber nur sehr kurzfristig nachweisbar», fasst die Ärztin zusammen. «Sie können jetzt gerne zu Ihrer Tochter. Ein Kollege verarztet noch den Knöchel, dann können Sie nach Hause.»

Dr. Ahorn führt Paula und Martin den Flur entlang, wo hinter einem Vorhang Larissa auf einer Liege sitzt und einen Verband angelegt bekommt. «Wir haben ihr etwas gegen die Schmerzen gegeben. Ende der Woche sollte sich ein Arzt den Knöchel nochmals anschauen. Alles Gute für Sie.»

Damit verabschiedet sich die Ärztin von den Langenbrunners und verschwindet im Nebenraum.

Paula lehnt sich an die Brust ihres Mannes und streichelt erleichtert über Larissa´s Gesicht. «Alles wird gut, Krümelchen», flüstert sie. Martin legt den Arm um seine Frau und drückt sie fest an sich.

Ein paar Minuten später sitzt der Verband um den Knöchel des Mädchens und die drei können sich müde und erschöpft auf den Heimweg machen. Langsamen Schrittes begeben sie sich zum Ausgang. Larissa versucht, ihr linkes Bein so wenig wie möglich zu belasten, da sie durch den Verband ohnehin nicht richtig auftreten kann.

Im Behandlungsraum 1, auf der linken Seite des Flurs, geht die Tür auf und ein junger Mann tritt heraus. Fast wäre er mit Paula zusammengestoßen. Er blickt erschrocken zu ihr und murmelt eine Entschuldigung. Dann erfasst sein Blick Larissa.

«Tobi!», ruft das Mädchen aufgeregt.

Martin´s Faust schnellt nach vorne und trifft Tobi mit voller Wucht am Kinn. Er war gar nicht in der Lage einen klaren Gedanken zu fassen, die erneute Erwähnung des Namens hatte schon ausgereicht. Auch wenn das Blut schon nach dem ersten Schlag herunter tropft, schlägt Martin immerzu auf Tobi ein. Die Schreie von Paula und Larissa können ihn nicht abhalten. Auch Dr. Ahorn kommt hinzu und versucht dazwischen zu gehen, doch Martin ist wie von Sinnen. Erst mit Hilfe zweier herbei geeilter Pfleger können sie Martin zurückhalten.

Dr. Lea Ahorn führt den Verletzten zurück in den Behandlungsraum um seine Wunden zu versorgen. Die beiden Krankenpfleger haben Martin in einen anderen Raum bugsiert und die Türe hinter sich geschlossen.

Paula und Larissa versuchen sich gegenseitig Halt zu geben und lassen ihren Tränen freien Lauf. Sie nehmen die Umgebung gar nicht mehr wahr und keine der beiden ist in der Lage ein Wort zu sprechen.

~

Es vergehen nur wenige Minuten bis die Polizeikommissare Mia Leipold und Simon Franke das Kreiskrankenhaus erreichen. Leipold wirft Paula einen mitleidigen Blick zu, als sie an ihr vorbei geht um die Notaufnahme zu betreten. Eine Krankenschwester führt die beiden Polizisten zu dem Raum, in welchem sich Martin immer noch mit den beiden Pflegern befindet. Auf dem Flur beseitigt eine Reinigungskraft gerade noch die Spuren des Zwischenfalls.

Kommissar Franke geht sogleich auf Martin zu. «Herr Langenbrunner, wir wurden gerufen, da Sie eine Person tätlich angegriffen haben. Wir müssen Sie daher bitten, uns auf die Wache zu begleiten.» - «Nein, diesmal nicht. Das Stück Dreck hat meine Tochter entführt. Das geschieht ihm Recht.»

Simon Franke lässt versehentlich seinen Kugelschreiber, mit welchem er sich gerade Notizen machen wollte, zu Boden fallen, als er die Zusammenhänge begreift.

«Sie sagen also, der Mann, der Ihre Tochter entführt hat und Sie erpressen wollte, ist auch hier? Hatten Sie heute morgen nicht gesagt, ihn gar nicht zu kennen?» Der Kommissar wirft seiner Kollegin einen irritierten Blick zu, diese zuckt auch nur mit den Schultern, da sie mit dieser Aussage nichts anfangen kann.

«Meine Frau hat mir vorhin von dem Chatfreund unserer Tochter erzählt und der sollte mir lieber nicht noch einmal unter die Augen kommen, sonst bringe ich ihn um.»

«Beruhigen Sie sich», versucht der Kommissar, Martin in seiner Aggressivität zu bremsen. «Noch ist nichts geklärt. Vorhin konnten Sie sich an keinen Namen erinnern und nun greifen Sie zur Selbstjustiz. So geht das nicht!»

Mia Leipold bringt sich ein und meint: «Ich seh´ mal nach, was da drüben los ist und wie es ihm geht.»

In dem Moment als sie die Tür öffnet, springt Martin auf und will ihr nach. Simon Franke stellt sich ihm in den Weg, doch Martin stößt ihn grob zur Seite, sodass er über einen Stuhl stürzt. «Hey, bleiben Sie hier», ruft Leipold, ehe sie ihm folgt. Als Martin schon die Tür zum nächsten Behandlungsraum erreicht hat, ist auch Simon Franke wieder zur Stelle. Blitzschnell packt er Martins Arme auf den Rücken, während er ihn gegen die Wand drückt. «Martin Langenbrunner, ich verhafte Sie wegen vorsätzlicher Körperverletzung und Widerstand gegen Vollstreckungsbeamte. Ich werde Ihnen jetzt Handfesseln anlegen. Haben Sie mich verstanden?»

Paula und Larissa haben sich inzwischen etwas beruhigt und sitzen im Wartebereich. Eine freundliche Pflegerin hat ihnen etwas zu trinken gebracht und sie informiert, dass sie ein Taxi gerufen hat, um sie nach Hause zu bringen. «Das ist alles wie ein Albtraum, ich würde so gerne daraus erwachen», sagt Paula mit leerem Blick. Larissa legt ihren Kopf auf die Schulter ihrer Mutter und sagt mit tränenerstickter Stimme « Das war der schlimmste Tag in meinem Leben. Ich will nur noch nach Hause.»

In diesem Moment öffnet sich die Tür und Polizeikommissar Franke führt Martin an Ihnen vorbei nach draußen. Paula schießen die Tränen in die Augen. Sie springt auf und will etwas sagen, doch ihr versagt die Stimme.

Kurz darauf kommt auch Mia Leipold aus der Notaufnahme zurück. Sie berührt Paula´s Arm und schaut ihr tief in die Augen. «Er hat ihn ziemlich erwischt. Die Ärztin sprach von einem gebrochenen Kiefer und Platzwunden. Ihr Mann wird sich dafür verantworten müssen. Egal wie das Ganze noch ausgeht», informiert die Polizistin.

Paula nickt nur stumm.

Als sie eigentlich schon im Gehen ist, hält Kommissarin Leipold nochmal kurz an und macht einen Schritt auf Paula zu. «Ach, Frau Langenbrunner. Eine kleine Frage habe ich noch. Kennen Sie einen Christof Lubovic?»

In diesem Moment verliert Paula´s Gesicht jegliche Farbe. Sie versucht mit den Armen irgendwo Halt zu finden und ihr Blick tanzt unkontrolliert durch den Raum. Mia Leipold greift nach ihr und auch Larissa springt auf. Gemeinsam können sie verhindern, dass Paula zu Boden fällt.

Mit sorgenvoller Miene betrachtet Martin die Situation. «Machen Sie mich sofort los, ich muss mich um meine Frau kümmern. Bitte.» Ohne wirklich darüber nachzudenken, erfüllt Simon Franke den Wunsch. Auch er ist mit der Situation überfordert. Martin springt sogleich zu seiner Frau und schließt sie in seine Arme. «Mach dir keine Sorgen um mich. Ich krieg das schon hin.»

Auch Dr. Lea Ahorn kommt herbei geeilt und es gelingt ihr, Paula´s Kreislauf zu stabilisieren. «War

143

wohl alles ein wenig zu viel für Sie. Der Blutdruck ist im Keller», meint die Ärztin.

Kommissarin Leipold beugt sich zu ihr und hakt noch einmal nach.

«Frau Langenbrunner, geht es Ihnen besser? Können Sie mir sagen was es mit Herrn Lubovic auf sich hat?»

Martin wird hellhörig. Die Nackenhaare stellen sich ihm auf. Mit Argusaugen beobachtet er die Lippen seiner Frau als diese antwortet.

«Christof und ich, dass ist schon so lange her. Vierzehn Jahre. Ich war mit ihm zusammen, als ich Martin kennen gelernt habe.»

Sie blickt schuldbewusst zu ihrer Tochter und erzählt schluchzend weiter.

«Er hat mir damals zwar angedroht, sich eines Tages dafür zu rächen, dass ich ihn wegen einem anderen Mann verlasse, aber mit so etwas hätte ich doch nie im Leben gerechnet. Hat er hier mit was zu tun?»

Mia Leipold fasst sich an die Stirn und massiert sich für einen Moment die Schläfen, ehe sie antwortet.

«Ja, wir wissen nur noch nicht wie.»

«Herr Langenbrunner, wir sollten Ihre Frau jetzt in Ruhe lassen. Wir müssen noch Ihre Aussage auf dem Polizeirevier aufnehmen», hört Martin die Stimme von Kommissar Franke. Doch er erfasst die Worte kaum. Er ist wie im Tunnel. Plötzlich springt er blitzschnell auf, stößt Mia Leipold in die Seite und greift nach ihrer Waffe. Reflexartig will Kommissar Franke nach seiner greifen, da richtet Martin die Waffe schon auf ihn. «Lass es!»

Langsam macht Simon Franke einen Schritt zurück und hebt die Arme. «In Ordnung, bleiben Sie ruhig», versucht er zu beschwichtigen.

«Papa, nein», ruft Larissa mit heiserer Stimme.

Paula versucht den Arm ihres Mannes nach unten zu drücken, während Mia Leipold sich von der anderen Seite nähert. Bevor sie ihn jedoch erreicht, bewegt Martin seinen Arm und richtet die Waffe zunächst quer durch den Raum bevor er sie sich selbst an die Schläfe hält und schreit: «Keinen Schritt weiter!»

Für einen Moment herrscht absolute Stille. Niemand wagt es, sich zu rühren.

Mit finsterem Blick sieht er zu seiner Frau. «Hast du mich betrogen?»

Paula schüttelt nur eilig mit dem Kopf, ist nicht in der Lage zu sprechen. Sie zittert, Tränen laufen ihr über die Wangen.

Martin zeigt sich davon wenig beeindruckt. «Wo sind wir gelandet. Ich gehe jeden Tag arbeiten, von früh bis spät, damit unsere Familie gut da steht. Wie konnte es dazu...» Martins Stimme wird brüchig und auch er bekommt feuchte Augen. «Wie konnte es dazu kommen. Das ist doch nicht mein Leben.» Er drückt die Mündung der Pistole fester gegen seine Stirn und schließt die Augen.

~

Der Schuss ist im ganzen Krankenhaus zu hören. Menschen schreien wild durcheinander und immerzu strömen weitere Leute in den Eingangsbereich vor der Notaufnahme. Auf dem Boden liegt Martin Langenbrunner, mehr wimmernd als schreiend, zusammengekauert mit tränennassem Gesicht. Der Streifschuss von Kommissar Simon Franke hat ihm eine Wunde am Oberschenkel zugefügt, doch Langenbrunner verspürt im Moment keinerlei körperliche Schmerzen.

Reflexartig hat Kommissarin Leipold zunächst mit dem Fuß die Dienstwaffe auf dem Boden beiseite geschoben, bevor sie diese wieder an sich genommen hat. Pfleger schieben eine Trage in den Wartebereich und machen sich daran, behutsam auf Martin Langenbrunner einzureden, damit dieser sich auf die Trage legt. Er ist offensichtlich nicht Herr seiner Sinne und schafft es nur durch tatkräftige Unterstützung der beiden Pflegekräfte, überhaupt aufzustehen. Schließlich liegt er auf der Trage und die beiden Krankenpfleger schieben ihn ohne weitere Worte in die Notaufnahme.

In diesem Moment erreichen die zuvor bereits durch das Klinikpersonal alarmierten zusätzlichen Polizeikräfte das Kreiskrankenhaus.

Ein Arzt kümmert sich um Larissa und Paula und verabreicht beiden ein Mittel zur Beruhigung. Auch auf die beiden Polizisten hat er ein Auge. Doch sowohl Mia Leipold als auch Simon Franke benötigen keine medizinische Behandlung. Noch etwas aufgeregt schildern sie den Kollegen das Geschehene.

~

Flink gleiten die Finger über das Display des Tablets. Aufgrund seines gebrochenen Kiefers kann Tobi nicht sprechen, findet auf diese Weise, im Krankenhausbett liegend, aber dennoch eine Möglichkeit sich mitzuteilen. Die Idee dazu hatte Polizeikommissar Marc Schmidt, als er an diesem Sonntagnachmittag zur Befragung des Patienten ins Kreiskrankenhaus gekommen war. Und so tippt Tobi nun eifrig, während Marc Schmidt mit einem Becher Kaffee in der Hand im Zimmer steht und gedankenverloren aus dem Fenster blickt. Einen solch turbulenten Fall erleben auch die erfahrenen Ermittler hier nicht häufig.

Nach einigen Minuten blickt Schmidt erstmals auf den rasant wachsenden Text auf dem Bildschirm. Noch während er liest, greift er zu seinem Handy um seine Kollegen zu verständigen.

Vor Augen hat er ein Geständnis und vor allem eine Erklärung. Tobi chattete bewusst mit Larissa, um sie bei einem Treffen zu Christof zu bringen. Es war alles von vornherein geplant. Christof hat ihm ein besseres Leben versprochen und ihn dann eiskalt sitzen lassen. Ein perfider Racheplan, der über vierzehn Jahre gewachsen war. Doch nun drängt die Zeit.

~

Martin Langenbrunner liegt in einem Zimmer des Kreiskrankenhauses und schläft. Der behandelnde Arzt meint, dass er frühestens morgen früh vernehmungsfähig sein würde und das dann höchstwahrscheinlich auch nicht auf der Polizeiwache, sondern hier im Krankenhaus. Die Wunde wurde versorgt und kann heilen. Viel mehr Grund zur Sorge gibt jedoch der Zustand seiner Psyche. Nach seinem Nervenzusammenbruch haben ihm die Ärzte ein Beruhigungsmittel verabreicht und wollen noch keine Prognose über den weiteren Verlauf seiner Genesung abgeben.

~

Flug 562 ist gerade in Thailand gelandet. Die Fluggäste werden über Bordlautsprecher gebeten, vorerst noch auf Ihren Plätzen zu bleiben. Unmittelbar nachdem die Gangway an das Flugzeug angedockt ist, steigen vier Uniformierte nach oben. Zwei Flugbegleiterinnen öffnen die Tür und weisen ihnen den Weg. Zielstrebig gehen die vier Männer den Flur entlang, ehe sie in Reihe 12 stehen bleiben. Neugierige Blicke treffen sie von allen Seiten. Der vorderste der Polizisten spricht schließlich den Fluggast auf Platz 3A in fast

akzentfreiem Deutsch an: «Christof Lubovic, Ihre
Reise ist zu Ende!»

—

Epilog

Es beginnt zu schneien. Langsam tanzt eine Schneeflocke nach der anderen am Fenster vorbei. Heute ist der erste Advent und auf dem Tisch steht ein kleines Gesteck mit LED-Kerzen. Martin Langenbrunner steht in seinem grauen Jogginganzug am Fenster und betrachtet die sanft fallenden Flocken, während er wartet. Gleich kommen seine Frau und seine Tochter. Es ist ihm gar nicht so recht, dass die beiden unterwegs sind, wenn die Straßen glatt werden. Paula ist zwar eine vorsichtige Fahrerin, aber manches sieht man einfach nicht kommen. Er blickt hoch zum Himmel, noch scheinen die Wolken ihr volles Potenzial nicht ausgeschöpft zu haben. Sein Blick geht zum Nachttisch, wo in einem Kalender seine kommendem Termine verzeichnet sind. Übermorgen steht ein wichtiger an. Dann entscheidet sich, wo die Familie dieses Jahr Weihnachten feiert. Doch er kann diese Entscheidung nicht treffen. Seit jeher hat er sich darum gekümmert, wie etwas laufen soll. Als Vater, als Familienoberhaupt, als Vorgesetzter im Job. Seine Meinung hatte Gewicht. Bis vor zwei Monaten, als alles innerhalb von einer Nacht durcheinander kam. Auch heute kann Martin keine

Antwort darauf geben, was an jenem Sonntag passiert ist. Er stellt sich diese Frage häufig selbst. Doch auch wenn er, teilweise nur durch Erzählungen, weiß, was vorgefallen ist, fühlt es sich noch immer so an, als hätte jemand den Stecker in seinem Gehirn gezogen, wenn das Thema zur Sprache kommt. Übermorgen wird es sicher wieder soweit sein. Der Drahtzieher des Unglücks, ein junger Kerl, der, soweit Martin sich erinnert, ihm zuvor nie begegnet war, wurde in der vergangenen Woche zu einer mehrjährigen Haftstrafe verurteilt. Sein Handlanger kam mit einer Bewährungsstrafe davon. Und mit ein paar Narben. Diese sind wohl auch ein Grund, weshalb Martin Langenbrunner die Schneeflocken aus seinem Zimmer in der Psychiatrischen Klinik am Weinberg betrachtet. Der Richter folgte der ärztlichen Einschätzung, dass Martin für sein Handeln nicht auf dem geraden Justizweg zu Rechenschaft gezogen werden kann, sondern vollumfänglich therapiert werden sollte. Auch sein Rechtsanwalt war der Überzeugung, dass er nicht im Besitz seiner geistigen Kapazitäten gehandelt hat, sondern sich vielmehr hat emotional leiten lassen. Eine Zahlung von Schmerzensgeld, die zudem zu leisten sei, war für Langenbrunner das kleinere Übel.

Am Dienstag entscheidet sich, ob Martin die Feiertage zu Hause mit seiner Familie verbringen kann. Dies ist sein innigster Weihnachtswunsch. Seit der verhängnisvollen Nacht war er nicht mehr in seinem Haus in der Birkenstraße. Seine Frau und seine Tochter werden auch psychologisch betreut, haben, soweit er es mitbekommt, die Ereignisse aber ganz gut verarbeitet. Fast jeden Tag kommen die beiden ihn besuchen und Martin findet in diesen zwei Stunden wieder neue Kraft. Zu schmerzhaft erscheint ihm der triste Alltag hier in der Klinik. Es fühlt sich an, als betrachtet er das alles nur, als wäre es gar nicht sein Leben. Doch sein behandelnder Psychiater hat schon mehrfach zu ihm gemeint, dass er akzeptieren muss, was geschehen ist, da es unwiderruflich zu seinem Leben gehört.

Peter Gessler, sein Vorgesetzter bei der Bank, hat sich auch bereits gemeldet. Man würde selbstverständlich hinter einem so loyalen und langjährigen Mitarbeiter stehen. Seine Genesung habe nun absolute Priorität und er solle sich darauf konzentrieren. Gessler machte ihm aber auch unmissverständlich klar, dass, sollte irgendein Punkt bleiben, der zu einer rechtsmäßigen Verurteilung führt, Martin Langenbrunner als

Filialleiter der Bank untragbar wäre. Der Gedanke an dieses Gespräch verursacht bei ihm noch immer ein schmerzhaftes Ziehen in der Magengegend.

Erika Nabler hat vorübergehend seinen Posten übernommen. Martin kann sich lebhaft vorstellen, dass er mehr als nur einmal für Klatsch und Tratsch in der Bank herhalten musste. Wahrscheinlich redet der ganze Ort. Ihn überkommt ein Gefühl, eine Kombination aus Wehmut und Sentimentalität. Vielleicht sollte man noch einmal einen Neustart wagen. Alles hinter sich lassen.

In diesem Moment öffnet sich die Zimmertür. Paula und Larissa kommen hinein und schließen Martin herzlich in ihre Arme.